咖啡館
・推理事件簿4・
休息中，咖啡的五種風味

珈琲店タレーランの事件簿4
ブレイクは五種類のフレーバーで

岡崎琢磨／著
林玟伶／譯

目次

咖啡館

·推理事件簿4·

喝到一半的咖啡，吐出柔和的紫色氣息，緩緩上升。

——北原白秋

下午三點前的無趣情景

「青山先生……」

切間美星咖啡師的聲音突然中斷，於是我抬起了頭。

「青山先生因為是常客，就算不用再次說明也知道……不過，如你所見，我們是一間只有兩個人也能足以維持營業的小咖啡店。」

「不是兩個人和一隻貓嗎？」

「貓才不算人手呢。雖然我忙得不可開交的時候，的確會想說如果貓也能幫忙就好了。」

美星咖啡師說話時面帶微笑，所以我便放心地將視線移回正前方了。因為我對現況相當滿意，要是她覺得不高興的話那就傷腦筋了。不過，我的擔心似乎只是杞人之憂。

她現在正試著解釋今天在這間咖啡店裡發生的事情。我自己也親眼目擊到的情景，正藉由她的話語以及她對事情的理解詳細地重現。

在彷彿作夢般的舒適環境下，我的意識也被她影響，開始往前追溯事情的經過。

整件事的開端大概是發生在一小時前……

＊＊＊＊＊

下午兩點。

位於京都市區一隅的塔列蘭咖啡店裡，無趣的時間正一如往常地流逝著。

我已經像這樣子窩在吧台旁的椅子上超過三十分鐘了。在這間店擔任咖啡師——沖煮咖啡的專家——一職的切間美星，從剛才就一直很專心地工作，像是清洗餐具，弄得泡沫四濺，或是保養濃縮咖啡機，對我完全不理不睬。準備客人的飲料就不用說了，從接待客人到打掃，維持一間咖啡店所需的絕大多數工作都由她負責，會如此忙碌也是很正常的。

我看向店內的角落，只見美星咖啡師的舅公——名叫藻川又次的老人正一臉幸福地打瞌睡。只要他的頭點一下，屁股底下的椅子就會發出打鼾似的咯吱聲。他是這間店的店長，餐點大致上由他負責製作，但他基本上是個把熱情都用來鑽研如何在工作時打混的人，所以只是打瞌睡的話，美星咖啡師也不會每次都責罵他。時間過得很快，距離我第一次來到塔列蘭已經整整半年了，我覺得在這段期間裡老人偷懶的惡習有愈來愈嚴重的傾向。

店內目前有兩組客人，這在平日下午還算正常吧。看他們對我毫無印象的樣子，肯定都是第一次光顧。我有時候也會和這種人互動來打發時間，但今天正好興趣缺缺。四月的天氣從門的縫隙溜進來，誘發了我的倦怠感，我看著壁鐘，打了個大大的呵欠。

——這麼無聊的情況竟然還得持續一個小時。

我趁伸懶腰的時候在椅子上轉了一百八十度。在我的位置和正前方的大窗戶中間有兩張可容納四人的桌子，現在都被兩人組的客人佔用了。

坐在我的左手邊，也就是靠近店門口的桌子的客人應該是一對母子。母親雖然年輕，氣質卻很穩重，綁成一束並垂在右肩的頭髮和長裙讓她隱約散發出一股高雅感。年幼的兒子則結結巴巴地說著人話，他沒有坐在母親身旁，而是坐在她對面，好像在強調「我已經不是嬰兒了」，讓我忍不住想微笑。他很有規矩地挺直背脊，牢牢地抓著吸管在喝飲料。

至於右邊的桌子旁，正好背對那個小孩的人，則是一名外表年齡要稱為叔叔或大哥都可以的男性。他身上的西裝和手表讓他隱約有種有錢人的感覺，卻不會惹人厭惡，是因為那張圓滾滾的臉給人一種好像是個好人的印象嗎？他毫不介意同伴觀感的舉止，以及以驚人的速度吃著只點給自己的拿坡里義大利麵的樣子，都莫名地滑稽好笑。

與他隔著桌子面對面的女性，穿著打扮則相對地儉樸了一點。這個季節還有些涼意，她卻只穿著一雙褪色的涼鞋，單薄的連身洋裝也沒有裝飾和口袋。臉上只隨便化了點淡妝，黑色的長髮也乾巴巴的。他們是情侶嗎？看這名女性專心地聆聽看起來年紀比她大很多的男性說著不切實際的空談，也沒有要插嘴說話的意思，與其說是文靜，不如用自卑來形容更貼切。

左邊是母子，右邊是情侶。幸好這兩組客人都沒有把我的視線放在眼裡。當然了，我其實對他們也沒有特別感興趣，只是與其安分地坐著，看看這些人大概還能稍微排遣一下我的無聊。

我決定就這樣再繼續觀察他們一陣子。

下午兩點十分。

「……啊，我的包包破了個洞。」

坐在右邊桌子旁的女性以幾乎像是喃喃自語的聲音說道。

「咦？哪裡破了？由美，讓我看看。」

男性立刻表現出關心的樣子，名為由美的女性便將側背包交給了他。男性打開這個小小的側背包，拿出手機和手帕後，裡面就沒有任何東西了。這個包包的樣式一看就很簡陋，跟紗布差不多的布料非常薄，到目前為止都沒有破掉反而比較不可思議。包包外側沒有任何口袋，就算把包包的內外兩側反過來也看不出有什麼差別。要是破洞就沒辦法用了。

「啊，真的耶。」男性把跟麥克筆差不多粗的食指插進同樣大小的破洞裡說：

「對了，我買新的包包給妳吧。」

「這怎麼好意思，太麻煩你了，和夫。」

由美無精打采地揮著手說道。她的聲音充滿氣音，聽起來很柔弱。

「沒關係啦，妳不用客氣。」

「可是，你平常就老是在買東西送我了。」

「因為我能替妳做的也就只有這些了啊。只要由美妳能稍微感覺到幸福，那就是我的幸福了。」

這段光是在旁邊聽都有點起雞皮疙瘩的話，似乎是和夫的肺腑之言，而且把包包還給由美的時候他還露出得意的笑容。我頓時希望穿著單薄衣服的她不會因此而覺得更冷。

「今天正好是我們認識滿一年的日子吧？晚上好好地慶祝一下吧，我已經預約可以看到美麗夜景的餐廳了。」

京都有限制建築物高度的條例，所以聽說真的想看美麗夜景的話，就只能去比叡山或大文字山上了。雖然有可能只是說法比較極端，實際上在餐廳看就已經夠漂亮了，不過，無論事實如何，我都沒看過那樣的夜景。

認識剛好滿一年啊……我之所以覺得能從他沒有說「交往滿一年」這點隱約看出兩人之間難以言喻的關係，是因為想到有個非常類似的例子就近在身邊嗎——我偷看了一下美星咖啡師，她沒有任何反應，繼續進行著某種作業。美星咖啡師的事情暫且不管，這對情侶真的很不搭調。

「那真是令人期待，謝謝你。」由美卻開心地笑了。「在太陽下山之前我們要做什麼呢？」

「我打算帶妳去京都車站的劇院欣賞音樂劇。今天表演的節目我已經期待超過半年了，票就在這裡……啊！」

和夫把已經打開的手拿包倒過來想拿出票，結果不小心把裡面的東西全倒了出來。不止長夾和票等物品散亂一地，有些東西還滾到了由美腳邊。其中有個大小跟罐頭差不多，外面裹著一層天鵝絨的小盒子，但我沒看出裡面裝了什麼東西。

「你們沒事吧？」

美星咖啡師察覺到店內有騷動，從吧台後走了出來。

「啊，不好意思，我們不要緊的。」

和夫慌慌張張地制止咖啡師，開始撿地上的東西。除了由美幫忙撿的之外，絕大多數的物品都是他一個人拾起的，而且在收拾完之前還連續說了將近十次的「對不起」。後來他暫時坐回椅子上，但好像難以忍受由美那同情的眼神，所以嘴裡念念有詞，一邊從椅子上站起來，然後走進廁所。

在和夫回來之前，這邊的桌子應該不會有什麼動靜了吧。於是我把觀察對象換成了旁邊的桌子。

下午兩點二十分。

「阿真，好喝嗎？」

坐在左邊桌子旁的母親微笑著詢問喝了果汁後「噗！」地吐出一口氣的兒子。

「嗯，好喝。媽媽的呢？」

小男孩惹人憐愛地問了跟母親同樣的問題。母親輕輕地搖晃裝了咖啡的杯子，答道：

「媽媽的也很好喝喔。」

「那是什麼？」

「這個啊，是咖啡。大人在喝的飲料。」

「咖啡。」阿真以不太清晰的發音重複母親說的話，「啡」聽起來像「灰」。「喝起來是什麼味道？」

「你要喝一口看看嗎？」

母親露出惡作劇般的笑容，從座位上站起來，繞到桌子的另一側。接著輕鬆地抱起兒子，坐到空椅子上，再把兒子放在自己的大腿上。然後她把裝著咖啡的杯子拉到面前，看著兒子的臉說道：

「我幫你加砂糖喔。」

「嗯。」

阿真用力地點點頭，但他的表情看起來卻有些僵硬，似乎是因為即將喝下未知的飲料而感到緊張。他或許是為了證明自己不是嬰兒才想要喝咖啡，但無論是被母親抱著的姿勢，還是母親替他加砂糖的舉動，都完全違背了他的目的。

放在桌上備用的糖罐差不多是用附屬的湯匙舀十次就會見底的大小。罐子是陶製的，雪白的表面有幾道間距相等且傾斜的淺溝。母親把糖罐的蓋子打開，用插在裡面的小小湯匙舀起滿滿一匙的砂糖，加進了咖啡裡。然後她轉而拿起放在盛著咖啡杯小碟子旁的湯匙，把杯子裡的飲料攪拌均勻，再舀起一匙送進兒子嘴裡。阿真這時很主動地喝下了咖啡，但隨即眉頭一皺，陷入了沉默。

「……」

「怎麼樣，阿真？好喝嗎？」

「……嗯，好喝，但是我喜歡再甜一點的。」

沒想到他竟然選擇了逞強！他的確已經不只是個嬰兒了。

「那我幫你再多放一點砂糖吧。」

這時不是應該老實地回答「因為很苦，所以我不想喝了」才對嗎？或許阿真的腦中曾閃過後悔的念頭，但這樣的經驗一定也會讓小孩子更加堅強。

母親再次舀起一匙滿得像小山的砂糖，還連續加了兩匙。而阿真也不是省油的燈，機靈地趁著這個時候用果汁蓋過嘴裡的味道。他究竟能不能成功迎擊呢？還是會被對他瞭若指掌的母親玩弄於股掌之上呢？

當我正專注地觀賞這對母子鬥智的情形時，和夫從廁所回來了。

「音樂劇的表演時間快到了，我們差不多該走了。」

他用感覺摸起來很舒服的手帕擦手一邊說道，似乎是想把剛才出糗的事當作沒發生過，但一句話也不提反而顯得更不自然。

由美收拾東西時，和夫走到櫃台呼喚美星咖啡師，付清了錢。接著兩人就保持著以要牽手來說有點遠的距離走出了咖啡店。他們是一對看起來很有趣的情侶，這下子我應該會覺得更加無聊吧。

下午兩點三十分。

即使已經試喝過兩次，阿真還是不肯承認咖啡不合自己的胃口。

母親對眼前的狀況完全樂在其中，明明已經超過咖啡能溶解的量了，卻還想繼續加砂糖進去。不過，糖罐似乎已經見底，發出了湯匙碰到糖罐的清脆聲音。

「砂糖已經沒有了耶。」總覺得阿真的聲音好像有點高興。

「是啊。」

不過，母親轉頭左右張望一下後，就轉動上半身，擅自把自己桌上的糖罐跟隔壁桌上的對調。睡得正熟的藻川老爺爺就不用說了，連美星咖啡師也沒有注意到她的舉動。我應該給點什麼暗示嗎？還是不要多管閒事比較好？當我正在猶豫時……

「哎呀！你在做什麼啊！」

母親突然發出尖叫聲，只見阿真的手指上密密麻麻沾滿了砂糖。看來他似乎是把手指戳進了才剛對調過來的糖罐裡。為了阻止母親繼續任意妄為，他只好使出最後手段了。

美星咖啡師立刻就察覺到異狀，跑到了他們的桌旁。

「你們有沒有怎麼樣？我馬上拿毛巾過來。」

「真的很不好意思。阿真，快說對不起。」

阿真先前那副早熟的模樣早已消失無蹤，帶著泫然欲泣的表情僵在原處。

「請您別這麼介意，只是小孩子做錯事而已。」

咖啡師苦笑著說道，伸手拿起了糖罐。結果母親盯著糖罐，以若無其事的語氣問道：

「妳要把那罐砂糖丟掉嗎？」

「呃，嗯，對啊。」

這真是個難以回答的問題。被小孩子用手戳過的砂糖總不能繼續使用，但是即便如此，也無法直接對孩子的母親說「因為砂糖髒掉了」。

美星咖啡師停下正要走向店內後方的腳步，不知道該如何是好。母親稍微思考了一下，最後像是下定決心似地說道：

「妳要丟掉的話，這樣子很浪費，可以給我嗎？」

聽到這句話，連我也傻住了。我驚愕地想：她未免太厚臉皮了吧？

「呃，這我們沒辦法……」

就連總是不忘對客人保持禮貌的美星咖啡師也難以掩飾心中的不快。要是答應了這項要求，說不定下次對方就會因為想要砂糖而故意讓小孩子的手戳進糖罐裡。這麼簡單的道理，心思細膩的美星咖啡師一定也想到了。

或許是這名母親自己的腦中也浮現同樣的想法，所以她接著又如此提議：

「我會賠你們錢的，這樣子就沒問題了吧？我真的沒有惡意。」

此話一出，美星咖啡師瞬間面無表情。但她隨即就露出跟往常一樣，不，是比平常更開朗的笑容，開口說道：

「我明白了。那我去拿袋子來裝砂糖，請您稍等一下。」

她的態度轉變得真快。我明白她不想再繼續跟棘手的客人打交道的心情。不過，這樣子這間店在經營上不會有問題嗎？我有點擔心了起來。

我原以為美星咖啡師會馬上進入店後方的準備室，但她卻在途中朝著店內一角走去，拍醒了正在打瞌睡的藻川老爺爺。接著，她在藻川老爺爺耳邊低聲說了些什麼後，藻川老爺爺充滿幹勁地站起來，手腳俐落地衝出了塔列蘭，完全看不出他才剛起床。

咖啡師則走進了準備室，店內只剩下我和那對母子。

下午兩點四十分。

美星咖啡師回到店內時，手上拿著透明的塑膠袋和漏斗。一看到那兩樣東西，母親的表情立刻沉了下來。

「呃，只要給我袋子就可以了啦，我自己會裝。」

實際上，塑膠袋的大小也足以把整個糖罐裝進去，所以只要在袋子裡把糖罐倒過來就好了。

但是美星咖啡師卻不肯把手上的任何一樣東西交給對方。

「這怎麼行，要是撒出來就糟糕了。」

話音剛落，她就把漏斗前端放進袋子裡，然後拿著糖罐在漏斗上方一口氣往下倒。從窗外射進店內的陽光照在塑膠製的漏斗上，看起來像是陰影的砂糖落入袋中的情景，跟放在店裡的那座兼具裝飾和實用性的沙漏非常相似。

小小糖罐裡的砂糖不用五秒鐘就會全部掉進袋子裡。當糖罐即將變得空空如也時。

「喂！」

美星咖啡師尖叫了一聲。原來是母親伸出手臂想把漏斗連同塑膠袋一起搶走。

對方冷不防地使出這招，美星咖啡師一下子肯定招架不住。不過，咖啡師雖然受到了驚嚇，握著漏斗的手指看起來卻抓得很牢，並未讓那名母親得逞。阿真一臉呆滯地仰望著互相拉扯的兩人，我雖然緊張得冷汗直冒，卻也只能在一旁觀望。

就結果來說，很難斷定到底是哪一方獲得了勝利。

因為那名母親利用巨大的反作用力將咖啡師推開，漏斗和袋子都脫離兩人的手，導致砂糖撒滿了一地。

當時掉到地上且發出清脆聲響的東西，並非只有塑膠製的漏斗。

「啊——」

母親大叫起來，迅速地蹲到了桌子旁邊。她背對著咖啡師，把從地上撿起來的東西靠在自己的胸前。

「請您放棄吧，就算這麼做也是沒有用的。」

美星咖啡師的態度相當冷靜。她站在母親正後方，用旁人聽了也會不寒而慄的尖銳語氣，向著對方的頭頂說道：

「妳現在在做的事情是犯罪喔。」

大概是死心了吧，母親兩眼呆滯地緩緩張開緊閉著的手。

這時，門鈴「喀啷啷」地響起，有人打開了塔列蘭的大門。

「不好意思，啊！那是……」

來到店裡的是十五分鐘前才剛離開的女性——由美。她顯得非常震驚，用手指著那名母親手掌上的東西。和夫並未跟在由美身旁，看樣子她是獨自折回來的。

母親抬起頭，視線捕捉到了由美的身影。這時，她原本像是看到幻覺的眼神突然充滿力道，表情變得相當恐怖駭人。

「還給妳啦。我把這東西還給妳總行了吧！」

母親在站起來的同時如此大吼，並把手裡的東西朝由美扔去。接著，她牽起阿真的手，萬分悔恨地跺了跺腳，連錢也沒付就離開了。事情發生得太突然，由美根本無法應對，只能呆呆地杵在原地。

美星咖啡師彎腰撿起被那名母親扔出去而滾到地上的東西。然後跟剛才那名母親一樣，把東西放在手掌上，目不轉睛地盯著看。

那是一枚鑽石戒指。

「非常謝謝你們。」

由美深深低下頭，以微弱的聲音道謝。

「他說原本要給我的戒指弄丟了，慌張得不得了，所以我才跑回來看看的，想說或許是在他把包包倒過來的時候不小心飛出去了。能找回來真是太好了。」

「是啊，沒有被人拿了就逃跑，我也覺得真是太好了。」

美星咖啡師微笑著點了點頭。

由美也對她回以笑容，並朝著她手中的戒指伸出手。

「……咦？」

隨後，在由美如此低語前所發生的事情，對我而言就像是慢動作播放的影片一樣。

由美尖尖的手指緩緩靠近戒指，眼看就要碰到它時，咖啡師卻突然把手一抽，避開了由美的手。

「妳在做什麼？快點還給我。」

由美皺起眉頭說道。這是很理所當然的反應吧。剛才還含糊不清的說話聲也因為緊張顯得僵硬，聽起來反而清晰。

「我辦不到。我要歸還戒指的對象並不是妳。」

美星咖啡師用放在背後的手拿著戒指，笑容從她的臉上消失了。

「為什麼？我不是說了嗎？我本來是要收下那個戒指的。」

由美的態度開始逐漸混雜著焦躁的情緒，但是美星咖啡師並未因此而畏懼。她以堅決的態度斷言道：

「我想也是。但是妳打從一開始就沒有想收下這枚戒指的意思吧？」

在似乎不知該如何回答的由美身後，鈴鐺的聲音又響起了。

「——由美？」

聽到這個聲音，由美嚇了一跳，轉頭往後看。

和夫和藻川老爺爺正並肩站在店門口。

「由美，為什麼妳會在這裡……啊，妳要去哪裡？由美！」

由美沒有理會和夫呼喚她的聲音，推開兩名男人衝出了門外。當她穿過庭院時，我從窗戶隱約看見了她的側臉，一時難以相信那和剛才的她是同一個人，因為她的表情看起來就像沾上灰塵的砂糖，因為不悅而蒙上了一層灰色。

下午兩點五十分。

「咖啡師說得完全正確唷。」

藻川老爺爺故作親密地把手放在不知所措的和夫肩上，繼續說道：

「這個人說他一離開我們店，就有人打電話給那個叫由美的女孩子。後來她說自己臨時有事，無論如何都沒辦法空出一、兩個小時的時間，所以這個人只好無奈地自己去看音樂劇啦。我找到他的時候他已經在大街旁舉起手了，要是他再早一點攔到計程車的話，我就追不上了。」

「我把兩張票裡的其中一張交給由美，打算自己先去劇院。因為如果她能在音樂劇結束前趕上的話，那我們自然會再碰到面。不過……」

和夫先是看向地板撒滿砂糖的店內，又看了看美星咖啡師手上的鑽石戒指，然後驚訝地問道：

「究竟是發生了什麼事啊？」

「雖然我這麼說似乎有點多管閒事……」

咖啡師牽起和夫的左手，把戒指輕輕地放在他的掌心裡。

「但如果客人您是很認真地在考慮結婚的事情的話，我認為還是放棄那名女性會比較好。」

原本感覺很懦弱的和夫，這時卻很明顯地露出了不悅的表情。

「我和妳素昧平生，為什麼非得聽妳講這種話不可？」

「今晚您打算向她求婚對吧？在可以看到美麗夜景的餐廳裡。」

聽到這句話，和夫好像驚呆了。他的嘴巴像是要問「妳怎麼會知道？」似地一張一合。

藻川老爺爺在不知不覺間走到店裡的角落，一副對兩人交談的內容一點興趣都沒有的樣子。美星咖啡師帶著歉意說：「我不小心聽到了。」然後開始解釋。

「數十分鐘前，客人您包包裡的東西掉了一地，裝戒指的盒子掉到了由美小姐的腳邊對吧？看到那個盒子後，我就在想，您會不會是想趁今晚是兩位認識一年的紀念日來向她求婚。由美小姐那時大概也已經察覺到您的決心了吧。」

原來如此。那個天鵝絨小盒子似乎是戒指盒。那個東西的確是被由美自己撿了起來。

「接下來的事情我並沒有直接目擊到。不過，從結果來看，可以說由美小姐並不想接受您的求婚，但卻想要那個昂貴的戒指。所以她算準了您離開座位去上廁所的瞬間，把戒指埋進糖罐裡藏起來，打算之後再來取回。」

什麼？在我因為兩人沒什麼特別的舉動而改變觀察對象時，竟然發生了這麼有趣的事情？當然了，這兩個人肯定一直都在我的視野裡，只是由美做這件事的時候大概很小心地不讓別人發現，所以我沒有注意到也是正常的。會被移動的東西吸引住是我的本性，所以和夫離開座位後我的注意力都放在那對母子身上了。

「她趁我不在的時候做了那種事……可是，也不用特地藏在砂糖裡吧？放進包包或口袋裡不就好了嗎？」

和夫雖然臉色發青，還是提出了最重要的問題，而咖啡師則如此回答：

「由美小姐穿的那件連身洋裝看起來是沒有口袋的。腳上穿的也不是正式的鞋子而是涼鞋，如果要舉出其他能藏起戒指的地方的話，頂多就是內衣的內側吧，但她並沒有把東西藏在那裡。可能是因為她怕萬一在走動時掉了……不，她說不定只是沒想到還有這個辦法而已。因為她必須趕在您從廁所回來前把戒指藏好才行。」

「這麼說來，她好像有說過自己的包包也破了洞。所以也沒辦法把東西藏在那裡面了。」

「是的。結果這場為了讓您買包包給她所演的戲，最後也是白演了呢。」

「請、請等一下。」和夫的表情像是頭突然被打了一下似地變得扭曲。「妳說那是在演戲？」

「你們都已經在一起一年了，之前應該也有發生過類似的事情吧？」

「照妳這麼一說，的確是有發生過像是項鍊的鍊子斷了，或鞋子開口笑之類的事情……」

「每次發生類似事情，您就會買新的東西給她對吧？她今天也期待您會這麼做，就事先在包包上弄了破洞。」

「妳不要隨便亂猜好不好，她是窮苦的學生，是因為沒錢買新的衣服、鞋子或包才會發生這種事，她從來沒有主動要我買什麼東西給她。就這方面來說，她反而是個很懂得理財的女生喔。」

「如果她很懂得理財的話，應該不會出門不帶錢包才對吧？」

「錢包？這麼說來，包包裡的確是沒有……話說回來，妳連這種地方都觀察到了嗎？」

雖然從對話就可以得知由美的包包破了個洞，但裡面裝的東西如果不看和夫後來的行動應該是沒辦法知道的。不過，咖啡師卻搖了搖頭。

「不是的。如果她身上帶著錢包或女性平常會帶出門的化妝包之類的東西，只要把戒指藏到那裡就好了。就是因為她沒有帶，才會只想得到糖罐這個風險極高的地方。她一定是連錢包和化妝品在內的各種東西都想乘機請您買給她，只是今天最先提起的剛好是包包而已吧……不對，這是我過度臆測了，對不起。」

美星咖啡師雖然低頭道歉了，但我覺得她說的是對的。因為由美的確穿著褪色的涼鞋，身上的連身洋裝以現在的氣候來說也太單薄了。

和夫無精打采地搖搖頭。看起來不是在否定美星咖啡師的主張，反而比較像是對無法否定的自己感到失望。

「總之，妳的意思就是由美和我在一起是為了我的錢。」

「我沒有說她只為了錢，但是至少可以確定她應該有喜歡您的慷慨作風的一面……她想偷偷佔有昂貴戒指也符合這一項行動原則。只要把空了的戒指盒放回您的包包裡，短時間內就不用擔心會被您發現，而且縱使您真的察覺到了，只要裝出和您分頭尋找的樣子，也能夠當作把藏起來的戒指拿回來的藉口。」

「因為她必須趁我不注意的時候把戒指從砂糖裡挖出來對吧？不過，最後我完全沒有察覺到這件事。」

所以由美才會假裝有人打電話給她，藉此和夫分開行動。

「但是，就算是那樣，由美也未免太急躁了吧？如果她是把東西藏在某個陰影處也就算了，明明藏在糖罐這種絕對不會被發現的地方，卻才過了大約十五分鐘就折回來拿了。」

「沒錯。不過，她的擔心絕對不是單純的杞人之憂。因為其實她在藏戒指的時候被人看到了。」

「那個人就是妳嗎？」

「並不是我。不止離開座位的您，連身為店員的我的目光，也被由美小姐躲過了。但是，她大概沒有連隔壁桌子的情況都顧慮到吧。所以就被剛才那名女性——也就是帶著孩子的母親看到了。」

原來是這麼一回事啊。我朝已經沒有任何人的左邊桌子看了一眼。

「那位母親一開始是坐在隔著兩個桌子和由美小姐面對面的位子上。畢竟是正對面，要完全不被看見藏戒指的舉動應該不可能吧。如果母親在那時起了邪念的話，或許就會故意裝作沒看見了。」

「因為把什麼東西埋進砂糖裡的行為，任何人只要看了一眼都會起疑吧。」

「我不知道那位母親是不是連由美小姐的想法都猜到了，總而言之，那位母親為了搶在由美小姐之前拿到昂貴的戒指，便策畫了一個計謀。首先，她順其自然地和兒子對話，同時誘導兒子產生想喝咖啡的念頭，藉此移動到對面的位子上。這樣一來，隔壁桌子的糖罐就進入自己的手能搆到的範圍了。」

「所以我從廁所回來的時候，那位母親才會換了位置嗎……不過，要在沒有劇本的情況下誘導孩子對話有那麼簡單嗎？」

「我想應該不會很困難喔。那個年紀的小孩言行經常會有特定的傾向和規則性，而且最熟悉這些事情的應該就是他的母親。舉例來說，母親先問兒子果汁好不好喝，兒子就回答了『那媽媽呢？』這應該是她早就知道兒子有不管自己問什麼都會先回一句『那媽媽呢？』的習慣才開始的對話吧。」

不管是對任何未知的飲料都會感興趣的部分，還是不想被當成小孩，所以不會說討厭「大人的飲料」，對母親來說都是早已料到的想法吧——咖啡師接著這麼說道。

「母親就這樣順利地引導對話，以讓兒子喝咖啡為理由，從放在桌上備用的糖罐裡加了大量的砂糖到杯子裡。如您所見，本店的糖罐很小，只能放入客人想加糖的話很快就會用完的量，因此每天都會補充。母親藉由把糖罐裡的糖用完，製造出了就算和隔壁的糖罐交換也不會很突兀的情況。當這一招奏效，您也回到座位上後，母親就若無其事地交換了糖罐，把戒指放在觸手可及的地方了。但是，這麼做會出現一個問題。」

「那個問題就是把戒指拿出來的時候無論如何都會引起別人注意，對吧？總不可能把糖罐整個倒過來。」

「要是她這麼做的話，我一定會質問她的。因為附屬的湯匙很小，所以也不太可能把戒指藏在砂糖裡一起舀出來吧。結果那位母親怎麼做呢——她竟然使出了把兒子的手指插進糖罐裡，再要求我讓她把不能用的砂糖帶回家的手段。」

「呃……還真是個拐彎抹角的方法呢。」

和夫一副目瞪口呆的樣子，而我也和他有一樣的感覺。至少對美星咖啡師而言，快速地拿起糖罐藏起來的成功率反而高出許多吧。

「如果小孩子的手直接碰到了砂糖，那我們店是沒辦法繼續用的。但是對母親而言大概不會覺得太不衛生，所以母親提出『既然要丟掉的話乾脆給我』的要求還勉強可以說得通。接下來她只要拿到袋子之類的東西，然後對著袋子把糖罐倒過來，就可以把砂糖連同戒指一起帶走了。我很佩服她可以想到這個辦法，但是當她對猶豫要不要把砂糖給她的我說她願意賠償時，我忍不住起了疑心。砂糖裡面肯定有什麼東西，既然她願意付錢，那個東西的價值一定很昂貴——我想到這裡，便察覺發生了什麼事，所以在請我們店長叫您回來的同時，也想了辦法不讓那位母親帶走戒指。」

藻川老爺爺因為要煮和夫所點的拿坡里義大利麵，所以就算之後都在打瞌睡，還是清楚地記得和夫的相貌。美星咖啡師只要告訴他剛剛才離開的男客人應該是往京都車站的劇院方向走，叫他把對方帶回店裡就好了。

「妳只是聽到對方想要砂糖，就能夠明白這麼多啊？」對平常的美星咖啡師一無所知的和夫以充滿懷疑的眼神看著她。

「如果砂糖裡面什麼都沒有的話，那就只是我想太多了。不過，結果卻和我所想的一樣，所以我成功地阻止了母親把戒指帶走，但阻止時我們互相拉扯的代價就是砂糖撒滿了一地。母親撿起戒指時，由美小姐剛好折回來，她看到戒指和撒了一地的砂糖後，大概是覺得事情不太妙，所以就立刻裝出是來拿回弄丟的戒指的樣子。但那時我已經掌握事情的來龍去脈了，我打算把戒指還給您，便拒絕把戒指交給她。」

美星咖啡師解釋完後，和夫低下頭，揉了揉眉間。

「所以這代表我又被不好的女人吸引了對吧。」

聽到雖然有些懦弱，但看起來不像是壞人的男人吐出的自嘲，咖啡師的眉毛垂成了八字型。

「您說『又』的意思是……」

「說起來很丟臉，我從懂事時開始，就很清楚自己無論在性格還是外表上都不是會受到很多女性歡迎的男人。但是為了找到自己的人生伴侶，我還是竭盡所能，努力考上優秀的學校、找到出色的工作，從十幾歲時就一直以自己的方式努力到現在。就這一點來說，我想我的目標是達成了。我對自己的工作相當驕傲，就這個年齡來說可以算是相當有出息了。」

美星咖啡師一句話都沒有說。和夫的話一點也不像在炫耀，反而可以感覺到好像要放棄什麼的果斷。

「不過，這樣是不行的吧。最後，因為我是逃避面對異性才走到這一步的，所以並沒有培養出所謂的眼光。都這把年紀了，真的是丟臉到了極點。」

接著，他看起來十分寂寞地補充道：

「我原本以為這次一定沒問題的。因為她不追求奢華的打扮，也不會拜託我送她東西，就這樣陪在我身邊整整一年。我其實是很認真在和她交往的。」

「……會不會是因為您給予太多了呢？」

「咦？」和夫像被戳中痛處似地抬頭面向美星咖啡師。

在追趕掉落的球時，突然對不小心把球弄掉這件事感到懊悔的瞬間。我想，美星咖啡師說出下一句話的心境說不定正是這種感覺。

「我對您以及至今和您來往過的女性一無所知。但是，一定是因為您放棄了其他的優點，認為自己只擁有金錢或是地位等東西，所以對方才會也只對這些有所期待吧。說不定她一開始並不是這麼想的。」

經過大約一個肥皂泡鼓起又破掉的時間後，和夫望向在手裡閃閃發光的鑽石戒指，嘆著氣說道：

「真是年輕啊。」

接著，他從錢包裡抽出幾張鈔票，想交給美星咖啡師。咖啡師慌慌張張地拒絕了，但和夫堅持這是為了賠償給店裡造成的麻煩，以及感謝她找到戒指，硬是把鈔票放在桌上。咖啡師並未像平常那樣對和夫說「謝謝光臨」，在目送和夫離去後，沮喪地喃喃自語：

「剛才那句話絕對不是在稱讚我吧。」

我注視著她一陣子之後，她察覺到了我的視線。她走過來，盯著我的臉問道：

「我是不是又說了不該說的話了呢？」

當我正在煩惱該如何反應時……

「午安。」

鈴聲「喀啷啷」地響起，一道我很熟悉的聲音傳了過來。

「哇，這是什麼？好慘啊。究竟發生什麼事了？」

踏進店裡的青年一看到撒在地上的砂糖就皺起了眉頭。美星咖啡師露出苦笑，一邊歡迎青年一邊說道：

「歡迎光臨，**青山先生**。因為剛才發生了一些事情……」

「雖然不是很清楚，但好像很棘手呢……嗯？」

因為這時我從椅子上跳了下來，青年才終於注意到我。接著，他把手靠在彎曲的膝蓋上，很高興地對我打招呼。

「嗨，**查爾斯**，你過得還好嗎？」

下午三點。

確定壁鐘已經走到這個我等待許久的時間後，我便喵喵叫了起來。

「哎呀，已經這個時間啦，該給查爾斯飼料了。」

美星咖啡師從在店內角落睡覺的藻川老爺爺頭上的架子拿下裝貓飼料的袋子，嘩啦嘩啦地把飼料倒進腳邊的飼料盤裡。我緊黏在她身邊，等盤子裝滿後就直接把頭埋了進去。

「妳餵牠飼料的時間是固定的啊？」

聽到最常來這間店的客人——名叫青山的青年所說的話，咖啡師點了點頭。

「是的。查爾斯目前還介於幼貓和成貓之間，一次不能餵太多飼料，所以我會一天分三次餵牠。牠應該不至於真的會看時鐘，不過這該說是動物的第六感嗎……總覺得牠好像知道我什麼時間會餵牠飼料。」

沒禮貌。我一邊吃著貓飼料，一邊憤慨地想。不要太小看我好不好。不過是個時鐘，貓也看得懂好嗎？像是這間店某些椅子的椅墊材料叫天鵝絨、她偶爾會餵我的好吃飼料的容器叫罐頭，還有清洗物品時會在空中飛舞的那些泡泡叫肥皂泡……貓可是無所不知的。

「根據我對貓的印象，貓不是只要在盤子裡放好飼料，然後讓牠們隨便選擇自己想吃的時間就好嗎？」

「以這種方式餵養的情況還滿多的呢。因為這件事每個人都有自己的看法……基本上，我們是選擇在固定的時間餵，而且一次只給適量的飼料。」

美星咖啡師把裝貓飼料的袋子放回架上，並順手叫醒了藻川老爺爺。她拍拍他的肩膀，要他幫忙自己打掃。

「我也來幫忙吧。自己一個人在旁邊喝咖啡感覺有點怪怪的。」

咖啡師並沒有拒絕青山青年的提議。於是三人掃完並拖了地之後，咖啡師便把砂糖為何撒到地上的前因後果說給了青年聽。

「妳又被捲入一件麻煩事了呢。」

這是青年大致聽完事情經過後所說的第一句感想。

「現在回想起來，我當時應該看見了許多不太對勁的言行舉止才對，但這些舉動都為了不讓我察覺而做得很小心，所以一直到最後關頭才被我看穿。如果我能早點察覺的話，或許就不會演變成這樣了。」

「當時妳正在工作嘛，這也不能怪妳啊。」

「聽到你這麼說，讓我覺得有些安慰，但是青山先生……」

此時，美星咖啡師的聲音突然中斷，於是我停止吃飼料，抬起了頭。

「青山先生因為是常客，所以就算不用再次說明也知道……不過，如你所見，我們是一間只有兩個人也能足以維持營業的小咖啡店。」

「不是兩個人和一隻貓嗎？」

「貓才不算人手呢。雖然我忙得不可開交的時候，的確會想說如果貓也能幫忙就好了。」

青山先生的玩笑使美星咖啡師笑了起來，我便放心地繼續吃飼料了。剛才咖啡師說話時之所以停頓了一下，大概是因為她對稱呼青山為「常客」有些抗拒。我在觀察和夫和由美的奇妙關係時想起的相當類似的例子就是這兩個人——明明交情已經親密到超越了單純的常客與店員的關係，卻不管過了多久都沒有要在一起的意思。

我對青山的想法一點興趣都沒有。甚至因為不知道他為何不表明態度而敵視他。但是，因為飼主美星咖啡師是我的恩人，我希望她永遠保持好心情，不想看到她連要說出這種根本不算什麼的小事都吞吞吐吐的，以身為一隻貓的立場在擔心著她。

「總而言之，我們是一間小咖啡店。」美星咖啡師回到正題。「只要不把耳朵摀住，就能聽到客人的對話，但是相對地，要觀察客人的舉動是不可能的。」

「所以妳沒有目擊到戒指被埋進砂糖裡的那一幕。」

「是的。能做到這件事的，頂多就是這孩子了吧。」

當我一邊回想今天所發生的事，一邊打算把剩下的幾顆飼料解決掉時，咖啡師看我一眼，然後輕笑了起來。名叫青山的青年也順著她的視線把臉湊到我面前。

「喂，查爾斯，你偶爾也要幫一下美星小姐的忙喔。」

只有你沒資格這麼說我。這個男人明明在去年年底放話說「我不會再來這間店了」，上個月卻又一臉若無其事地跑回來，今天也在店裡輕浮地笑著，真是個沒出息的傢伙。

我發出聲音表達抗議之意，但這兩個人卻把我的喵喵叫誤認為在附和他們，還互相對對方說：「查爾斯真是可靠呢。」不想再理會他們的我，吃完最後一顆飼料後便跳上了放在窗邊的天鵝絨椅子。

我對鑽石戒指、情人和年輕都沒有興趣。只要給我足夠的飼料我就滿足了。人類真是種麻煩的生物啊——我一邊想著，一邊在曬得到陽光的椅子上縮起身子，品嘗著填飽肚子所帶來的幸福感。

下午三點十分。

啊啊，真是無趣。

巴列塔之戀

1

當我沿著北大路通往西奔馳時，已經快要哭出來了。

不管怎麼想都是智慧型手機害的。因為查地圖很方便，今年春天我在不熟悉的城市進入專門學校就讀時，就下定決心換了這支手機。不擅長使用電子用品的我光是學會基本操作就費了一番工夫，但體會到最先進的鬧鐘功能有多麼方便之後，我很放心地把每天早上叫我起床的工作交給了智慧型手機。雖然最近我覺得它運作得不是很穩定，卻沒想到會在這麼重要的日子，也就是學校考試當天當機，鬧鐘也沒有響。

話雖如此，平常的我就算鬧鐘沒響也不至於會睡到這麼晚才醒來。但是昨晚我正好為了準備沒自信的科目念書到半夜，所以今天早上睡得特別熟。當我終於醒來時，時間已經不容許我有半點遲疑，原本就比周遭女學生遜色的臉也來不及化妝，我只換好衣服就衝出了家門。

距離早上九點考試開始只剩不到十五分鐘。我原本想說可以當成運動，所以一直都是走單程將近兩公里的路去上學，現在卻害慘了我，我連腳踏車都沒有。平常在京都街道隨處可見的計程車，可能是因為時段的關係一台都看不到。不過這段路程只要動作快一點，還是能勉強趕上。前提是將近兩公里的路程我必須都用跑的。

想也知道，我才跑不到五分鐘，就把手靠在已經抬不起來的膝蓋上，停下了腳步。在暑假才剛結束的九月初，早上的太陽還相當毒辣，不斷地從我的身體裡擰出大量的汗水。再加上我很少沒吃早餐，不僅頭昏眼花，胃還傳來了無法區分是餓肚子還是想吐的噁心感覺。

——束手無策了嗎？當我正這麼想時。

「要搭便車嗎，小姐？」

低著頭的我右耳聽見了男性的說話聲，以及短促的喇叭聲。

我過了一會才知道那是在跟我說話。不過，我現在慌亂的程度說不定也已經嚴重到讓旁人忍不住擔心地開口詢問。

我抬起臉，把囤積在喉嚨深處的唾液嚥下，轉頭看向右方。

「一個美女露出這種表情實在太浪費啦，妳怎麼會急成這樣呢？」

一輛大紅色轎車靠在路肩，駕駛座上的是一名看起來大約七十歲的老爺爺。他的嘴邊留著銀白色的鬍鬚，戴著薄薄的綠褐色針織帽。

「是專門學校的考試。九點就要開始了，我實在是來不及。」

我抱著死馬當活馬醫的心態答道。老爺爺嚇了一跳。

「什麼，妳是學生呀？九點開始的話不是已經沒什麼時間了嗎？快上車，我載妳去。」

「您願意載我嗎？謝謝！」

我一邊說著，一邊坐上了車子的後座。雖然不知道該不該相信這個第一次見面，感覺又有點奇怪的老人，但我現在已經顧不了那麼多了。

「好啦，妳的學校在哪裡呢？」

「我的學校叫京都國際醫療福祉學院，在沿著北大路通直直往前走大約一公里的地方。」

「好，那妳抓緊囉！」

老爺爺踩下油門，車子發出咆哮聲往前衝，加速在北大路通上奔馳。老爺爺輕快地轉動方向盤，彷彿要縫合左右兩邊的車線似地一邊避開其他車輛一邊往前進，還好像很遊刃有餘地對在後座喘著氣的我搭話。

「校名有醫療福祉，所以妳想當護士嗎？」

「不，雖然我們學校有護理科，但我的目標是ＰＴ。」

「ＰＴ？」

「是物理治療師。主要的工作內容是幫助因為受傷、生病或年紀大了等理由而無法進行像是走路或站立的基本動作的人，按照醫生的指示施以能回復這些身體機能的治療。物理治療師能夠進行治療體操等運動療法，以及電療和熱敷等物理療法。是需要取得國家專業認證的職業喔。」

「喔……雖然聽不太懂，但能幫助人的工作真是了不起呢。」

我也是那種沒辦法拋下有困難的人不管的個性唷。當老爺爺笑著這麼說時，車子正好抵達學校的大門前。

「謝謝您，那個……」

「好了，快去吧。如果沒趕上的話我載妳就沒意義了。」

老爺爺揮揮手催促想再次向他道謝的我，但我不能就這樣離去。好歹我也懂得要遵守最基本的禮儀。

「我的名字是伊達涼子。我之後會再找時間答謝您的，請您至少把名字告訴我。」

老爺爺似乎覺得很麻煩，但大概是不想再繼續耽誤我的時間吧，他很快就說出了他的名字。

「我叫藻川又次，市內有一間叫『塔列蘭』的咖啡店，是我開的。我只不過是在採購咖啡豆途中順便載妳一程而已，真的不用放在心上。好了，考試要加油唷。」

他說完後就開著紅色的車離開了，我則轉身跑向了學校教室。

結果，我勉強趕在考試即將開始之前進入教室，沒有白費前一天晚上的苦讀以及藻川先生的好意。至少我在寫所有科目的題目時所得到的感覺都讓我如此相信。

2

「哦，原來還發生了這樣的事啊。」

康士愉快地笑了笑，用筷子夾起水煮黃豆，靈活地拋進嘴裡。

擺在兼具客廳和餐廳功能房間中央的桃花心木桌是我很喜歡的家具，我開始獨居時在販賣國外雜貨的店買的。這張桌子上正擺放著我做的晚餐。

和我隔桌而坐的康士每週有兩天會到這間房子來吃我親手做的菜。一開始他還顯得有些不自在，但自從我說只做一人份反而比較麻煩之後，他來找我就不再顧慮了。

「我很擔心妳耶，因為妳不是那種會遲到的人。」

他一邊吃東西一邊說這種話，一點說服力都沒有。剛才康士問我今天早上為何如此匆忙，我就把事情的經過告訴了他。我吃著鹽烤竹筴魚說道：

「就是說啊，沒想到鬧鐘剛好就在這種日子沒響。要是藻川先生沒找我說話的話，還不知道會變成怎麼樣呢。」

「等那個老爺爺的身體老到不能動的時候，妳再在工作上報答他吧。」

我斥責康士不可以亂說話，他卻聳了聳肩。

距今大約一年半前，康士剛升上高三的時候，突然說他想當物理治療師，嚇了我一大跳。因為看到他之前那種好像對任何事情都興趣缺缺的生活態度，讓我一直以為他高中畢業後應該會先找間適合的大學念，再慢慢思考將來要做什麼。

不過，聽到他的動機後，我恍然大悟地明白了。

「因為自己曾經接受過治療，才更覺得這是個好工作。而且，妳也知道吧，我本來就很喜歡運動。」

康士從小學開始就一直在踢足球。但是高二那年夏天，他在社團的練習比賽中與其他選手衝撞，左腳的關節受了重傷而被迫退出。從那時開始，他就變得跟一具空殼一樣。對於從他小時候就一直近距離感受他的熱情的我來說，他那副模樣實在太令人不捨，我只能陪他一起上下學，開口安慰或是替他加油打氣，但我想這麼做並沒有太大的意義。

不過，多虧了復健，康士的運動能力恢復得很順利，雖然很難再成為運動選手，要做些簡單的運動倒是沒什麼問題。明明是自己身體的一部分，有一天卻突然沒辦法隨心所欲地活動，其造成的打擊是很難想像的。所以才會如此感謝讓自己身體恢復正常的人，並且對此產生憧憬吧。以康士的情況來說，最親切地照顧他的人正是物理治療師。

物理治療師除了治療老年人之外，也會負責幫受傷的運動選手進行復健。有很多人會因為想以別的形式接觸運動，而把物理治療師當成目標，康士也是其中之一。於是我很高興地決定支持他的目標──我原本是這麼想的，但等我回過神來時，自己想讀的專門學校竟然變得跟康士一樣了，緣分真是個不可思議的東西。

「話說回來，我聽說京都的人都比較冷漠，但是光看藻川先生的話，感覺一點也不冷漠啊。」

聽到我說出這句話，康士便像在開導我似地說道：

「因為說穿了還是取決於個人啊。就像關西人不一定都討厭納豆、秋田也有可能出美女一樣。」

「哎呀，這個比喻好過分。」我皺起眉頭。「不過，我真的沒想到自己竟然會有搬來京都住的一天。因為我和康士都是從出生起就一直住在東京嘛。」

「如果妳只是想當PT的話，其實也不用離開東京啊。我那時是覺得，趁這個機會離開家鄉一下也不錯。」

去年，康士只要有機會就會告訴我他對物理治療師的憧憬，結果連我也半像被洗腦似地覺得這是個很棒的工作。而且，想到自己接下來的人生必須靠自己的力量賺錢活下去才行，所謂的「擁有一技之長」對我來說就變成了一件相當吸引人的事。

當我在初秋認真考慮起這件事時，康士已經通過推甄入學，決定要去就讀京都國際醫療福祉學院了。他聽到我想跟他念同一間學校後嚇得目瞪口呆，卻沒有阻止我選擇和他一樣的路。從那之後，我開始認真念書，在隔年春天考過錄取機率約百分之二十的一般入學考試，進入了同一間學校就讀。物理治療科固定招收八十人，以名字的五十音順序劃分為兩班，我和康士變成了同班同學。日本的物理治療師協會建議的是四年制的教育課程，我們所上的課程則是三年制。於是，我開始了課程排得非常滿、任何一個科目和考試都不能大意的、嚴格的學生生活。

「我一開始還擔心在陌生的土地一個人生活會不會怎麼樣……結果過了將近半年，看到康士的生活順利地踏上軌道，我也放心了。」

我一邊用小茶壺沖泡用餐後要喝的茶，以簡直就像是監護人似的口氣說道，而康士則回了我一句「我才要擔心妳呢」。

「誰叫妳突然說要跟我一起來京都，我這個在旁邊看的都替妳捏了把冷汗。不過看妳現在這樣子，應該是不用擔心了。畢竟妳都能在這裡被路過的男人搭訕而得意忘形了。」

「笨蛋，才不是你說的那樣呢！對方可是老爺爺喔？」

雖然嘴巴上如此否定，但我知道自己臉紅了。因為康士哈哈大笑了起來，我便生氣地回嘴：

「你自己也是，不要老是跑來我這裡吃我煮的免錢飯，快點找一個可愛的女朋友，讓她親手做菜給你吃啦。或者是學學藻川先生，偶爾也去搭訕一下女孩子也行啊！」

「少多管閒事了，我只是沒有每件事都跟妳報備而已，其實也玩得挺瘋的……妳看，才剛說就來了。」

康士的手機正好在這時響了。我看他盯著螢幕操作的樣子，似乎不是有人打電話來。

「是簡訊嗎？」

「不，是『Decacetter』，有人傳訊息給我。」

「Decacetter……那是什麼？」是我很陌生的單字。

「最近在學生間很流行喔。可以透過網路談論自己喜歡的事情，或是閱讀別人上傳的短文，也可以直接傳簡訊交流。」

就算聽了說明也不是很懂。因為我是機器白痴，自然對這種流行很陌生。

「這樣啊……所以是女孩子傳來的訊息嗎？」

「算是吧。」

看到康士摸了摸劉海，我忍不住噗哧一笑。

「你只要說謊就會做這個動作，從小到大都沒變呢。」

結果康士慌慌張張地說：

「少囉唆！所以重要的考試妳到底考得怎麼樣了？」

再繼續欺負下去感覺很可憐。所以我決定配合他，硬是換了個話題。

「多虧你的幫忙，考得很順利。我覺得應該是前一晚拚命死背的功勞，還得找機會好好答謝藻川先生才行呢。」

「那就好。」康士說完這句話就把手機放在桌上，喝起快冷掉的茶。說不定他才是那個到現在都還沒掌握念書訣竅的人。因為平常就一直很認真念書的我，還能夠從容地笑著跟他說：「希望你不會留級。」

3

兩週後，看到發回來的成績，我相當驚愕。

考試各項科目滿分都是一百分，六十分以上就及格。如果考試內容包含實際操作的話，配分原則上是筆試佔八十分，實際操作佔二十分。

我的分數大致上都很高，幾乎所有科目都及格了。只有一項，也就是生物力學的成績是五十八分，沒有及格。而且總分裡面筆試佔了五十三分，但實際操作竟然只有五分。

滿分八十分的筆試只拿了五十三分也不是值得誇獎的分數，但就算如此，實際操作的分數也未免太低了。如果我在考試時曾犯下誰都看得出來的致命錯誤也就算了，我完全沒有自己犯錯的印象，明明就毫無問題地做完了實際操作。

物理治療科幾乎所有的學分都是必修，有可能一個科目不及格就留級。不過，考試的結果反映給學校後，會替不及格的人實施補考，所以實際上大部分的學生都能通過補考並修得學分。其實也沒必要太著急。

不過，我實在是無法接受。我看了好幾名同班同學的成績，生物力學的實際操作分數最起碼也有兩位數，讓我更覺得自己受到了不公平的對待。

於是，我便直接去找老師理論。

「打擾了！」

這天午休時，我抱著說出「受死吧」時的心情去踢館，打開了老師辦公室的門。

本校共有五個學科，光是物理治療科的講師數目就超過十人。剛進入午休時間的老師辦公室裡約有二十五名講師。除了少部分的講師之外，其他人全都轉頭看我。

「怎麼了，伊達同學？表情這麼嚴肅。」

第一個對我說話的是我們班的導師佐野老師。為了處理學生的各種煩惱——學習方面或生活方面的不安，本校在各班都有設置導師。但是不知道為什麼，我就是無法喜歡這名乍看之下好像很親切，但眼鏡後的雙眼卻沒有在笑的男性講師。

我無視佐野老師，走向坐在他斜對面的位子，背對著我的男老師。

「瀨古老師。」

我呼喚他的名字後，坐在旋轉椅上的他轉過身來。他露出好像聽到我叫他才終於發現我在這裡的驚訝表情，看起來很假。他單手拿著的馬克杯正冒著熱氣，似乎正在喝咖啡。

「妳是……」

「一年B班的伊達涼子，我有一些關於考試成績的問題想問您。」

就算我把成績單湊到他眼前，他的臉色也沒有任何改變。

瀨古秀平，和日本成年男性的平均身材相比，他長得稍微高了一點，也稍微瘦了一點。燙得筆挺的襯衫和有摺線的西裝褲有一種清潔感，但到處亂翹的長髮毀了這一切。我聽說他的年紀還不到三十五歲。在需要五年實務經驗的講師中算是比較年輕的，但卻不會給人年輕人的印象，應該是因為他的態度相當冷淡，像沉醉在孤高的感覺之中吧。

生物力學的課是他負責的。我指著成績表上的分數，追問瀨古老師。

「關於筆試的成績，的確是我不夠努力，我會反省。但是，實際操作只有五分會不會太過分了呢？」

但是，老師卻好像覺得沒什麼似地低聲說了句「什麼啊，原來是這件事」。

「伊達同學，妳還記得實際操作的考試內容嗎？」

「當然記得。是Transfer。」

Transfer，也就是轉位動作。例如要從床上移動到輪椅，或是從輪椅移動到廁所的馬桶上坐好，還有上車等等，指的是在病患轉換位置時提供必要的協助。

「考試的內容是由我們學生兩人一組，把對方當成半身癱瘓的病人，先由床上移到輪椅上，再從輪椅移動到汽車上。而我成功地完成了這些動作，既沒有拖延太久，也沒有重來好幾次。那為什麼……」

「妳有看到和妳搭檔的學生的表情嗎？」

我一時反應不過來，有些退縮地說：

「沒有……我是面對對方扶住肩膀，所以沒看到臉上的表情。」

「那位學生看起來像在拚命地忍耐著疼痛。大概是因為妳用蠻力去拉的關係吧。」

「我才沒有用蠻力！我知道自己和其他學生比起來力氣小了一點，或許會因為這樣而比較緊張也說不定……」

「轉位動作最重要的是正確理解做法後，用最小的力氣執行。愈沒有力氣的人反而愈會不小心依賴力氣。妳的情況是一開始明明有做到站在對方身體癱瘓的那一邊的基本動作，卻在發現稍微施力也動不了之後，就馬上改變角度，想從錯誤的方向拉動對方。這種動作會害對方身陷危險。是最應該避免的情況，我這樣說妳懂了嗎？」

他冷淡的口氣更凸顯出話中的嚴厲。

我心中已經毫無反駁之意了。瀨古老師的說明以合理的方式粉碎了我的自大。經他這麼一說，我才發現他講的事情我心裡都有數。

「Transfer需要的就是多加練習。看妳是要請成績比較好的同班同學陪妳練習還怎樣，等完全準備好之後再去重考吧。」

瀨古老師站了起來，打算離開老師辦公室，我對著他的背影說道：

「那個……」

「不好意思，我沒辦法再聽妳抱怨——」

瀨古老師轉過頭，看到深深低下頭的我，頓時啞口無言。

「對不起，是我搞錯了。所以，能請您陪我特訓嗎？」

「妳說特訓嗎？這太誇張了。」老師的聲音聽起來相當困惑。

「要是這樣下去，我沒辦法整理自己的情緒，這也是原因之一。不過，最重要的還是我怕自己會在病人或年長者身上實踐記錯的方法，給他們帶來無法挽回的負擔。所以，還請您務必答應。」

與其說是被我的誠意感動，不如說是無法忍受周遭老師們的好奇視線吧。瀨古老師把手放在我肩上，以慌張的語氣說道：

「我知道妳的意思了，請把頭抬起來。妳其實不用這麼苦苦拜託我，陪學生練習不擅長的科目，對講師來說是理所當然的事情。」

「真的嗎？謝謝您！」

我臉上浮現笑容時，老師好像有些內疚地移開了視線。我原本以為他是個冷淡的人，但一看到他流露出情感的樣子，就覺得他像是個在其他人面前努力假裝若無其事的孩子，甚至感到有點可愛。

就這樣，我開始利用午休時間，和瀨古老師進行一週一次的特訓。

4

在我順利通過補考，並和老師進行第三次特訓的那天發生了一件事。

午休同時也是大家吃午餐的時間。我和瀨古老師走進練習室後，就先隔著桌子面對面坐下，一邊吃便當一邊討論那天要特訓的內容，或是聊聊沒什麼關係的雜事。光是做這些事情就會把五十分鐘的午休時間耗掉一半左右，所以特訓的進度其實有些緩慢。

「老師，您每天都是吃這種東西耶。」

因為我想接上中斷的話題，便指著擺在老師面前的便利商店的便當說道。老師基本上不太說話，但我主動找話題時，他總是會給我還算明白的回答。

「呃，是啊。因為沒有人會幫我做，我又不擅長做菜。」

「雖然這麼問有點失禮，但您年紀也不小了吧。您有太太嗎？」

結果老師有如呼吸般乾脆地說道：

「有啊。」

我從沒聽說過。我看向老師左手的無名指。

「原來是這樣啊。因為您沒戴戒指，我還以為您一定是單身……不過，仔細想想，戴戒指的話訓練的時候會很礙事嘛。」

不過，既然如此，那請太太做便當給他不就好了？我還沒提出疑問，老師就先回答了：

「說來丟臉，我和太太目前分居中。我太太現在和三歲的兒子住在東京的老家。」

我頓時啞口無言。這似乎是我不該過問的事情。我把便當配菜的肉排送進嘴裡代替對話，卻嘗不出任何味道。

大概是看穿了我的內疚感，瀨古老師苦笑道：

「這是我們夫妻之間的問題，伊達同學妳不用太在意。而且，一開始的確是很難受，但過了半年後也終究是習慣了。如果就這樣子離婚的話，我也不會有太大的怨言吧。」

「喔……可是，為什麼會分居呢？」

「這個嘛，我也不是很明白。可以確定的是並沒有出現像是外遇的明確理由。不過，我太太的心卻在不知不覺間開始疏離，當我察覺到時，已經遙遠到我追不上了。」

「就像從屋簷滴下來的雨水終究會裝滿水桶一樣，經過長時間累積的東西有時候也會無法克制而潰堤吧。」瀨古老師這麼說道。

「不過，我在這半年間也沒有積極地採取行動表示誠意，例如頻繁地去找兒子或要求和太太見面等等。我只是對太太單方面要求分居感到不知所措而已，在她的眼裡看來，我這種個性應該難以忍受吧。」

連最靠近自己的人的細微變化都無法注意到，實在不適合從事物理治療師的工作。老師最後補上這句話，臉上浮現自嘲的淺笑。至少要以物理治療師的身分從事醫療或照護工作五年，才能夠選擇成為講師。而想成為講師的動機有很多種，就算有人的理由是覺得不適合這項工作才轉任教職也不奇怪。物理治療師不僅要負責替病人復健，照顧對方的心也是很重要的工作之一。

老師大口大口地吃著呈現鮮豔橘色、看起來並不好吃的義大利麵。他的表情看起來很寂寞，我忍不住萌生必須要想辦法替老師打氣的責任感。我很清楚這是在多管閒事，但是最先聊起這個話題的正是我自己。而且，我不是很想假裝自己沒聽見離婚這個字眼。

「真拿您沒辦法。那我下週開始也幫老師做便當吧。」

我刻意以開朗的聲音如此宣布，老師臉上露出了難以置信的驚訝神情。

「呃，不過，我現在其實也沒有硬逼自己吃討厭的食物啊。妳不需要這麼好心。」

「請您不要這麼客氣。至少一週一次也行，好好攝取營養的食物才會有精神喔。味道的話就不用擔心了，別看我這樣，我其實對自己的手藝還挺有自信的。」

「與其說『別看妳這樣』，不如說妳看起來就很會做菜啊……」

「反正補考已經結束了，依照原本的情況，就算特訓到此結束我也不會有怨言。但就這樣一直受到老師照顧，我也很過意不去。所以……好嗎？」

我不准老師搖頭，強硬地堅持己見。後來在練習轉位動作時，老師碰觸負責擔任對象的我的動作感覺比平常更僵硬。

過了一週，我在午休時間到老師辦公室找老師。

「看——」

我把兩個包裹中的其中一個舉到臉旁邊給老師看，老師轉了轉眼珠，說道：

「妳真的幫我做了便當啊。」

「真好啊，瀨古老師，這麼受學生歡迎。」

在隔壁桌子出聲調侃的人是島老師。感覺很和善的笑容和胖胖的身材凸顯出他隨和豁達的個性，與其說是講師，感覺更像是朋友，所以學生們都很喜愛他。年紀應該是比瀨古老師稍大一點。

聽到島老師的話，瀨古老師緊張地說道：

「你誤會了，若要論受學生歡迎這一點，我根本比不上島老師你。」

「我和瀨古老師不一樣，又不是帥哥，就算受學生歡迎，也是跟吉祥物差不多的感覺啦。」

「——不行啊，瀨古老師。校規不是禁止老師和學生一起吃飯的嗎？」

這時佐野老師不太高興地潑了我們兩人冷水，似乎很不能接受自己擔任導師的班級有學生和其他講師親近。這男人真是小氣。我氣得回嘴道：

「那是指學校外的情況吧？我們只是趁著特訓時在學校裡吃飯，應該沒有違反校規才對。」

「如果考慮到這條校規的用意，在你們兩人獨處的時候就跟在校外一樣了。」

近年來其他大學或專門學校發生過許多因為學生和講師的關係不單純而引發問題的狀況，我們學校從本年度開始實施一條規定，如果沒有特別的原因，講師和學生不能在學校外面見面。在這樣的情況下，佐野老師的話其實也有道理。不過，即便如此，他也不應該對就字面上來說並未違反規定的我們態度這麼惡劣。

當我和佐野老師互相瞪視對方時，島老師挺身擋在我們兩人之間。

「好了、好了，你們兩個別吵了。這次就特別通融一下也沒什麼不好啊，畢竟這件事的開端是因為伊達同學很有學習熱忱的關係嘛，佐野老師應該也覺得學生的成績能進步是再好不過的事了吧？」

島老師以溫和的口氣勸說後，佐野老師的態度好像也軟化了。「你們最好敢保證不會出任何差錯。」他粗魯地拋下這句話，就用力踩著地板離開了老師辦公室。瀨古老師也很有個性地露出若無其事的表情，準備前往我們平常特訓的練習室。我向島老師點頭致意後，慌慌張張地追上瀨古老師。

「島老師剛才是在袒護我們吧？」

我一邊與瀨古老師在走廊上並排行走，一邊說道，他看著前方回答：

「因為我和島老師平常就滿熟的。」

「但我剛才還是覺得有點驚訝。呃，島老師的確是跟誰都處得很好啦，但看起來並不是那種會在起紛爭的時候替哪一方說話的類型。」

結果，瀨古老師有些刻意地咳了一下，開口問道：

「伊達同學，妳知道Decacetter嗎？」

「啊……嗯，我有聽過。」

這個單字我以前曾聽康士說過。不過，我到現在還是搞不懂它具體上是用來幹麼的。大概是看出我對它一無所知，瀨古老師繼續說道：

「以一句話來解釋的話，就是使用者註冊帳號後可以在網路上自由發表短文的服務。一則一則的訊息稱為『短語』，本來是為了要讓人告訴大家自己出門的目的地，或現在身在何處才開發的，所以才會取這個名字[1]。」

和康士的說明比起來，我覺得這樣解釋稍微好懂一點。「那發表短文可以幹麼呢？」

「瀏覽各個帳號的短文叫『追隨』，瀏覽者則叫『追隨者』。而追隨者可以針對看到的短文給予回覆。例如有個使用者發了一則『我來球場看棒球賽』的短文，那觀看同一場比賽的人就可以和他分享感想，如果雙方正好都在球場的話，也有可能會演變成『既然在附近那就見見面』的情況。」

唔，大概只要方法用對了就會是個很方便的東西吧。我無法跟上腳步的文明多半都是這樣子的。

「不過，您為什麼會提到Decacetter呢？」

「其實是因為它在學生間很流行，我一時感興趣，在大約半年前也開始使用

---

1 Decacetter的發音與日文的「出門」類似。

Decacetter，心血來潮的時候會發表一些短文。我在還搞不太清楚它的使用方式時以真實姓名開始玩，所以帳號被島老師發現了。因為我們都是使用Decacetter的人，所以他好像覺得我莫名地有親近感，後來就演變成會偶爾一起喝酒的關係了。」

島老師玩Decacetter其實還算符合他的形象。不過，瀨古老師的話就感覺有點意外了。他看起來不像是會追著流行跑的人。

大概是心裡想的事情影響了我的表情，瀨古老師板著臉說道：

「平常我對這種流行的東西是連看都不會看一眼的吧，但我也是個有感情的人。太太突然離開我，真要說的話還是挺寂寞的。我抱著能稍微排遣寂寞也好的心態發表一些碎碎念之後，島老師卻在我不知情的情況下一直關注我發表的短文。我沒有理由拒絕在各方面都很關心我的他。因為後來我不再使用真實姓名，追隨者裡在現實中和我也有來往的應該只有島老師一個人。」

我們快到練習室了。老師搶先我一步伸出手碰觸教室的門，我突然看出了籠罩他背影的某種哀愁。

——這個人才不是孤高，而是孤獨。只是他太笨拙了，不知道該如何化解困境。

我在總是坐同一個位子的老師面前打開帶來的便當，擺出了開朗過頭的態度。他跟我說便當很好吃，把便當全部吃光，還不忘跟我道謝，但我不知道他是不是真的打從心底覺得開心。在我心想「如果他能開心就好」的同時，已經開始構思著下週的便當該放什麼菜了。

事到如今，我也不得不承認了吧。

我好像真的迷上瀨古老師了。

5

「──怎麼樣，過得還好嗎？」

我在自己家裡聽了伊達章三隔著電話傳來的聲音，有些不悅地答道：

「嗯，託你的福過得很好。爸爸你呢？」

「忙死啦，連睡覺的時間都沒有。反正就跟以前差不多啦。」

只要提到迪德藥品，財經界沒有人不知道伊達章三這個名字。他在大約十年前以僅僅四十幾歲的年紀從父親手上繼承了國內大藥廠的經營權，現在已經穩坐業界龍頭，以青出於藍的評價聞名。

不過，章三有個在這類不可一世的男人身上相當常見的壞毛病，那就是花心。因為長年的素行不良，終於在一年多前演變成離婚的局面。雖然我認為他大概不會有反省之意，但他好像還是多少覺得有些內疚，不僅沒有因為我冷淡的態度而退縮，有時候還會打電話來關心自己孩子的近況。

「對了，你這個月的錢好像還沒有匯。」

我想起昨天繞到銀行去時的事情，開口說道。目前章三每個月都會匯足以應付學費和生活費的錢給我。話雖如此，我也不知道這些錢能拿多久，所以才會覺得我也必須想辦法自立才行。我已經不是那種會因為家裡失去主要經濟來源就慌了手腳的年紀了。

他回答我的聲音有些疲倦，我幾乎可以想像出他伸手搓揉眉間的樣子。

「大概是忘記了吧。只有這件事我不想拜託秘書處理，明天我會記得去匯的。」

「拜託你了。其實也不用急著匯啦。」

「不過，該怎麼說，這麼早就決定想做的職業並專心學習也沒什麼不好，但又不是以後就一定對任何領域都沒有興趣，我覺得留下一些選擇的空間也是一種做法啊。雖然我不會要求自己的孩子一定要和父親走一樣的路，但還是希望孩子能進入好大學，在更寬廣的視野下學習……」

「你又在說這個了。」

我覺得很不耐煩，打斷了章三的話。雖然他並沒有表現出否定孩子選擇的態度，還是會不死心地提起一些關於將來的事情。這在今年春天以後已經漸漸變成他的口頭禪了。畢竟——雖然這對企業家來說很常見——做事情喜歡討吉利的他連替孩子取名時都很介意姓名學，甚至很用心地想了一個和自己筆畫相同的名字。顯然是希望唯一的孩子能變得跟爸爸一樣出色。

「現在這樣就行了，因為當事人覺得很滿意。而且這間專門學校，課業重到連打工的時間都沒有喔。這比無所事事地過完大學四年還要更有建設性不是嗎？而且，你難道沒想過，就是因為身為離婚原因的父親是個壞榜樣，孩子才會選擇不同的人生嗎？」

當我正滔滔不絕地說個沒完時，聽見了玄關的門打開的聲音。

「啊，康士好像來了。我要掛了，先這樣。」

我不等章三回答就掛斷電話，走向玄關。

「你來啦，快，快坐下。你一定很餓吧？」

「嗯，是啊。」

不知道是不是我的錯覺，來到我家的康士表情有些僵硬。我暫時假裝沒注意到，要他在桌子的另一側坐下。晚餐已經煮好了，我把高麗菜卷和洋蔥湯分別裝在碗盤裡，放在他面前。

「對了，要去東京的事情準備得怎麼樣了？」

開始吃飯後，我試著提起比較開心的話題。我和康士要在即將到來的十一月上旬的三連假回東京一趟，康士班上的男性友人拜託他擔任東京嚮導。我也決定趁著這個好機會跟他們一起去東京，但到了目的地之後就會分開行動。因為就算我和康士一起遊覽東京也沒什麼意義。我想康士也是這麼想的吧。

但是聽到我的問題，康士卻回答得有些含糊。

「其實也沒什麼好準備的啦。」

「……這樣啊。」

對話就此中斷。後來我就不再主動說話了，因為康士感覺好像想說些什麼。果然，他假裝很認真地在用刀叉切開高麗菜卷，看也不看我地說道：

「現在學生之間都在傳一個很奇怪的謠言喔。」

「什麼謠言？」我用叉子前端抵住下唇。

「說好像有個學生很積極地在追求瀨古老師。」

聽他的口氣就知道謠言指的是誰了。我稍稍縮起下巴，說：

「我請他每週找一天陪我特訓，後來就混熟了。因為他和太太及小孩分居的關係，所以能夠體會他在這方面的心情……不過，也就只是這樣。我們沒做什麼見不得人的事情喔。」

但康士卻抬起頭，吐出了這句話：

「放棄吧，太難看了。」

我頓時火冒三丈。我覺得自己好像被他罵了而有些退縮，但我又沒有做什麼應該被他罵的事情。

「等一下，你這是什麼意思啊？」

「你們的年紀差了超過一輪耶，而且對方不是已經有老婆了嗎？」

「我不是說了嗎？他們現在分居。老師也說可能會離婚。」

「會把老婆跟小孩搞丟，也不是什麼好男人啦。」

「你又不了解老師是怎樣的人，明明除了上課之外都不會跟他說話的……」

「我是在擔心妳耶！」

康士把握在手裡的叉子摔到了桌上。

他的叫聲裡隱含的急切嚇到了我，但我同時也對康士的想法感到高興。我覺得歇斯底里地抗拒他的溫柔的我很丟臉，認為自己必須誠實地面對他，一如他對我的態度。

「謝謝你，可是，我希望你不要管我和瀨古老師的事情。」

康士原本銳利如箭的眼神出現動搖。

「放心，我們不會變成康士你擔心的那種情況的。好不容易來到京都，重獲自由了，我現在不想繼續忍耐。就算這是最後一場戀愛也無所謂，我不想留下遺憾。」

「……妳這個固執的傢伙。」

康士粗魯地站起來，就這樣離開房間。

我不能追上去。因為我知道，他說的話其實是在用自己的方式表達對我的關心。既然我已經拒絕了，就沒有臉見他。

我們的東京行因此蒙上一層陰影，桌上喝到一半的洋蔥湯彷彿被扔進小石子似地微微晃動著。

6

不過才大約七個月沒回來，站在進入深秋的銀座街角時，居然有種懷念的感覺。

結果我雖然按照預定和康士他們來到東京，但走下新幹線之前，我和康士只有在必要的時候才交談。既然如此，當初乾脆連出發也分開行動還比較好，但我們兩個人連要聯絡對方討論這件事的意願都沒有。反正康士和朋友兩人聊得很開心，我自己一個也無所謂。只是康士的朋友並不知道發生了什麼事，還很擔心我，所以對他有些不好意思。

後來的時間我都是在和人見面敘舊下度過的。今天是第二天，我和高中時的朋友在銀座吃午餐，現在剛和對方道別。雖然晚上還排了行程，但目前還有時間。

氣溫很涼爽，但下午的太陽還是有些刺眼。我伸出右手遮住眼皮上方，正在思考要不要去很久沒逛的百貨公司晃一下時，背後突然傳來了呼喚我的聲音。

「伊達同學。」

我轉過頭，差點以為自己心臟要停了。

瀨古老師正背對著太陽光站在我面前。

「真巧，竟然會在這裡遇到妳。」

老師露出我從未看過的純真表情，對於這場預期外的邂逅感到很驚訝，但是對我來說，這可不是一句「好巧」就能解釋的事情。我分不清楚這究竟是偶然還是必然，嚇得目瞪口呆時，瀨古老師苦笑了起來。

「妳別這麼害怕，我發誓，我絕不是什麼跟蹤狂。我不是追著妳來到東京的。不過我知道妳今天人在東京，所以問我是不是百分之百偶遇的話也很難肯定就是了。話雖如此，我的確沒想到真的會在這裡碰到妳。」

這麼說來，上次特訓時他的確有說過會來東京。說是轉位動作的特訓，但其實能學的東西有限，最近經常從頭到尾都在閒聊，特訓只是掛名。

我一點也不害怕，反而對沒有事先約好，卻能在東京這個大城市相遇的奇蹟感到歡喜，甚至想起了「命中注定」這個太過感情用事的詞彙，整個人都沉浸在喜悅之中。

但是，老師卻瞬間把我拉回了現實。

「最近我一個月會來一次東京。有許多問題非處理不可，雖然這些事也已經在今天告一段落了。」

非處理不可的問題，不用說也知道是跟家庭有關的事情吧。不知道他所說的「處理」是指重修舊好還是離婚，無論是哪一種我都不想聽。於是我主動接續話題。

「您接下來打算去哪裡呢？」

「因為還有時間，我正在思考要不要去奢侈地享受一下銀巴[2]。伊達同學呢？」

我說我也打算在附近閒晃一下，跟老師差不多。結果老師高興地笑著跟我說：

「那麼，要不要一起去喝點飲料呢？」

我慌了起來。我當然很高興他邀我，但我害怕會違反不能在學校外見面的規定。不過老師卻很坦然地說：

「這也是不得已的啊。而且，總不可能真的在東京被人發現吧？」

他一說完就踩著大步走了起來。我在沒有機會拒絕（雖然也沒打算拒絕）的情況下與老師保持三步的距離，默默地跟著他。

我們進了一間把咖啡寫成「café」的咖啡店，店裡的古典氣息給人一種歷史悠久的感覺。我們在皮製沙發上面對面坐下後，老師拿起菜單，專注地看了起來。

片刻之後，店員來點餐了。老師指著菜單說：

「這種咖啡——」

接著看向了我，像是現在才注意到我也在場。他是在問我要點什麼，但是我根本沒拿菜單，哪知道要點什麼。

無可奈何之下，我點了點頭。老師對店員豎起兩隻手指，說要兩杯，這樣就算點完餐了。

我們隨便閒聊一會，咖啡就送上來了。老師先聞聞咖啡的香味，再慢慢地品嘗一口，對我這麼說：

「特訓的成果好像已經出現了呢。就連我也覺得妳最近的技巧變得非常熟練，已經可以好好活用自己學到的東西了。」

「謝謝老師，這都是託老師的福。」

「我應該已經沒有東西可以教妳了，就算結束特訓也沒問題了吧？」

我不知道該如何回答。老師果然只把我當成一個麻煩的學生而已嗎？雖然知道這是理所當然的事情，還是令我沮喪不已。

我喝了一口咖啡。感覺比平常還要苦。

2 此處的銀巴（銀ブラ）是取銀座的「銀」與巴西的「巴」（ブラ）組合成的詞彙，意思為在銀座喝巴西咖啡。

「……那我會覺得很寂寞。」

雖然知道這樣會讓老師困擾，我還是說出自己的真心話。不過，老師真的很溫柔。他露出的笑容，跟之前一點也不會痛地把我從輪椅上抱起來時感覺很像，對我說道：

「不能再吃到伊達同學做的便當，我也覺得很可惜。因為妳做的菜很好吃。」

如果我的心就這樣默默地接受老師的意思，應該就能把疼痛減到最小了。但明知如此，我卻還是要在環抱自己的溫柔中拚命掙扎。

「老師，您沒辦法接受年紀和自己相差超過一輪的女人嗎？」

聽到這句話，老師皺起了眉頭。他從嘴裡擠出了僵硬的聲音。

「妳是認真的嗎？我是有太太的人喔。」

「但現在我做的事情更像是太太應該對自己先生做的。」

我不肯罷休地說。老師想要逃避我，但是，即使只有一點點也好，我想知道老師的想法。

當老師再次拿起咖啡時，他的聲音已經變得冷靜，看起來像是克服了震驚的情緒。

「世人的目光比妳想的還要無情。如果一直執著於我，只會給妳帶來麻煩而已。」

「我想聽的不是這個！我只是想知道老師的想法——」

「如果我什麼想法都沒有的話……」

我倒抽一口氣。在那個瞬間，我明白了。

老師並非克服了震驚的情緒，而是已經下定決心。

「如果我什麼想法都沒有的話，就算是在這種地方，我也不會邀請妳來吧？但我卻寧願背負被發現可能會丟工作的風險。」

那取代彷彿要溫柔擁抱我的笑容出現在他臉上的，是相當認真的表情，我甚至覺得自己像是被用力抱緊似地喘不過氣。

喝完咖啡之前，我一句話都說不出口，只能看著不好意思地操作手機的老師發呆。

我們離開咖啡店時，已經超過下午四點，夕陽照在咖啡店前的道路上。側臉被陽光照到後，我瞇起了眼睛，這時……

「啊！」

老師發出短促的叫聲，把我拉進了旁邊的小巷裡。

「怎麼了嗎？」

因為突然發生的事情而不知所措的我開口問道。老師感覺相當悔恨似地回答：

「剛才在那裡有兩個我們學校的學生。我想應該是被看到了。」

「我們學校的學生……難道是康士？」

「咦？啊，經妳這麼一說，其中一個人的確是他。所以你們是一起來的吧？」

這下糟糕了，老師自言自語道。講師跟學生在學校外見面是違反校規的。如果被人看到我們一起走出咖啡店的話，就算說我們真的只是偶然碰見，大概也沒有人會相信吧。更何況這裡不是京都，而是東京。

早知道我應該把自己跟康士他們一起來東京這件事告訴老師的。這樣一來老師也會提高警戒，說不定也不會邀我一起喝飲料了。之前和康士間有些疙瘩也害了我們，如果我們經常聯絡對方的話，要掌握他和朋友的所在地也是辦得到的。沒想到會這麼不巧都在銀座。

如果這件事變成早已傳開來的謠言的後續，一定會立刻被所有學生知道。我們違反規定的事情總有一天會傳到其他老師耳裡。身為學生的我還算好，就算接受處罰也不會怎麼樣。但是，瀨古老師將會被迫面臨相當嚴苛的局面吧。

我快哭出來了。這時，瀨古老師把手放在我肩膀上，對我說：

「妳可以想辦法讓他們不把這件事說出去嗎？」

我想起前陣子康士來我家的情況，搖了搖頭。

「對不起，我想應該很困難。」

「這樣啊，我知道了。」

但是，老師卻以強而有力的口氣這麼說。他直視我的雙眼，告訴我「不會有事的」。

「這件事我自有辦法，應該可以解決吧。不管怎麼說，今天是我主動邀請妳的，所以妳一點都不需要介意。不過，請妳不要跟任何人說妳今天和我見過面，而且任何人問起這件事妳都絕對不能承認。」

我只能不停點頭。老師也對我點一下頭，說了句「再見」就離開了。因為要是又被人看到我們在一起，事情大概就無法挽回了吧。

我背對老師離去的方向，沿著黃昏的銀座街道往前走。這時智慧型手機震動了起來，我從包包拿出智慧型手機，看見收到的簡訊內容時，我聽到了「如果只是老師看錯就好了」的一縷希望碎裂的聲音

康士寄來的簡訊上只寫了一句話：「我不會跟妳一起回去。」

7

一名正在慢跑的女性喘著氣從右到左跑了過去。

三天連假結束隔天的放學後，我坐在設置於近鄰學校、賀茂川沿岸遊覽步道上的長椅，眺望著緩緩流動的河川水面閃閃發光的樣子。

今天的課只有四節，所以我才能在四點過後就自由地在這裡，面對從賀茂川上游吹來的風陷入沉思。

這個時間，做著簡單運動的年輕人、騎腳踏車奔馳的小學生們，以及感情很好靠在一起的學生情侶等等，都像是為了把握即將西沉的太陽般聚集在設計得相當寬敞的遊覽步道上。他們歌頌青春的模樣相當耀眼，我突然想像了一下自己在他們眼裡會是什麼樣子。

對岸行道樹後方的是京都府立植物園嗎？如果跟特別的對象一起參觀的話，一定會覺得什麼花都很漂亮——我一邊這麼想，一邊嘆了一口氣，這時，隔壁的空位突然有人坐了下來。

「妳在嘆什麼氣呀？是遇到什麼討厭的事情了嗎？」

我轉頭往聲音傳來的方向一看。

「——藻川先生。」

我真是太無情了。明明之前說會登門道謝，卻因為後來發生的事情忙得團團轉，不知不覺就忘了這位親切的老爺爺。距離那天早上約兩個月之後，我才再次看見他的臉、和他交談。

「沒想到會這裡遇到您。」

「我不是說了嗎？我平常會來這附近採購東西。剛好看到妳在這裡，我就繞過來瞧瞧啦。」

如果他跟上次一樣開車在北大路通附近移動的話，無論是在路邊還是在橋上，要認出坐在這片河岸旁寬廣空地上的我都很困難吧。我隱隱約約地想，這附近說不定是老爺爺經常跑來喘口氣的地方。

「所以，妳為什麼嘆氣呢？果然是因為男人嗎？那我可以陪妳談談唷。」

畢竟只要談到跟戀愛有關的事情，連「大國主命」[3]都沒辦法贏過我。藻川先生這麼說道，哈哈大笑起來。大國主命是以京都最古老的「結緣神社」的「地主神社[4]主祭神」為人所知的，神社境內還有名為「戀愛占卜石」的守護石。之前我才剛去那裡參拜過。

竟然拿結緣的神明來比喻自己，這個老爺爺真是天不怕地不怕。不過，我在煩惱的內容和戀愛有一點不太一樣。

「該說是男人嗎……的確跟男人也有很大的關係啦。但我會嘆氣的直接原因並不是男人，而是對一件不知道該說是不可思議還是無法理解的事情很在意，不過，那件事情又沒辦法找身邊的人討論……」

我一口氣說了一堆之後，突然很認真地盯著一直聆聽我說話的老爺爺的臉看。

無論我有多麼信賴對方，都不能把事情告訴跟學校有關的人。但是，如果是藻川先生的話，就算說出來也沒關係吧？我不知道究竟能不能對這名年紀比自己大很多的老爺爺流暢地說明清楚，應該說我連他能不能聽懂都不知道，但是，至少我把話說出來之後，可能會覺得稍微舒服一點。

「藻川先生，您願意聽我說嗎？」

我向他探出身子，把事情告訴了他。藻川先生聽完後立刻站起來轉向後方，開始往前走。

3　為日本神話中登場的神祇，也是出雲大社的主祭神，因大國主命為結緣之神，因此出雲大社也以「求良緣」聞名。

4　為日本知名的祈求結緣與戀愛運的神社，與清水寺相鄰，在江戶時代前為清水寺的鎮守社（祭祀守護特定建築物或土地的鎮守神的神社），在明治時代時因神佛分離令而從清水寺獨立。

「等一下，您要去哪裡啊？」

我立刻叫住他。藻川先生轉頭看我一眼，用下巴比了比自己的正前方。

「跟我來，有個人很擅長處理這種事情，我現在就介紹給妳認識。」

我搭上藻川先生的車，到了某棟公寓前。他說目的地不是這裡，只是先把車子停在自己家而已。

接著，我在藻川先生的帶路下，穿過面對後方道路的兩棟老房子間的縫隙，一間名為「塔列蘭」的古色古香的咖啡店出現在我眼前。看到這間咖啡店後，我才想起藻川先生曾說過他在市內開咖啡店。原來那間店在這裡啊——我向他確認後，他點點頭，推開感覺很重的大門，邀我進入店裡。

「歡迎光臨——哎呀，你回來啦，舅公。這位是？」

正在看店的是一名身材嬌小又長得很可愛，讓人忍不住想用女孩子稱呼她的二十四歲女性。她的名字叫美星，好像是在這間店工作的「咖啡師（Barista）」。我對這個詞彙不是很熟悉，美星跟我解釋那是一種差不多可以說是「咖啡的專家」的職業，我決定暫時先當作自己已經了解了。

「她好像遇到了什麼搞不太懂的事情，妳稍微聽聽她怎麼說吧！」

藻川先生對美星這麼說，並要我在吧台桌前坐下。但他自己好像沒什麼興趣的樣子，走到離我們比較遠的店內一角坐了下來。

「原來是這樣啊。我還以為他又跑去搭訕人家，嚇了一跳呢。」

美星站在吧台內側，對我露出討人喜歡的笑容。我把臉湊到她旁邊，悄悄問道：

「妳說『又』的意思是藻川先生總是這樣嗎？」

「是啊。他特別喜歡年輕女孩子，只要在街上跟人家擦身而過就會不分青紅皂白地搭訕。是幾年前太太過世後才出現的壞習慣，但因為實在太丟臉了，害我很不喜歡跟叔叔一起出門……哎呀，您應該不是來聽我抱怨的才對。」

美星對自己的離題表示歉意後，請我說出要談的內容。

我聽她的話先把這兩個月來發生的事情大致解釋了一遍。因為考試的分數很低，所以主動要求瀨古老師幫我特訓，藉此和他熟識；瀨古老師和島老師是感情很好的同事，但我的導師佐野老師卻不太喜歡他；我們學校規定講師和學生不能在校外見面；

我在銀座偶然遇見瀨古老師，和他一起喝咖啡，結果被同班同學看到我們走出咖啡店——在我敘述的時候，美星始終沒有說話，默默地用手搖式磨豆機磨著咖啡豆。

「然後，到了今天，我忐忑不安地去上學，在午休的時候決定去看看瀨古老師。結果我在老師辦公室旁的走廊看到佐野老師正在質問瀨古老師。」

我馬上躲在距離我最近的轉角處，偷聽兩人的對話。從兩人說話時都壓低聲音這點看來，似乎是不希望其他老師聽到他們的對話。

「我聽學生說了，你好像在校外跟伊達同學見面了對吧？」

聽到佐野老師的話，我痛苦地抱住了頭。看樣子謠言果然已經傳開了，雖然我曾經抱著一絲期待，猜測康士可能會替我保密，但即使我認為他不會積極地提起這件事，也不代表他就會拜託當時也在場的朋友別說出去。考慮到他之前來我房間時的態度，這也沒什麼好奇怪的。

「我不知道你在說什麼。」

瀨古老師雖然佯裝不知情，但佐野老師卻沒把他的回答當一回事。

「就算你裝蒜也沒用。在前陣子的三連休的第二天下午四點左右，有學生看見了你們兩個人。而且還是看到你們一起從銀座的咖啡店走出來。你們或許以為只要在離學校很遠的地方見面就不會被人發現，只能說你們太倒楣了。一起出遠門的話，那可是非常嚴重的問題，不是一句違反規定就能收場的了。」

他雖然說學校會追究責任，但語氣卻莫名興奮，簡直就像是在炫耀自己的勝利，我甚至對佐野老師產生了輕蔑之意。但是，不管怎麼說，我們都違反了規則，所以情勢相當不利。我靠在牆壁上，因為擔心瀨古老師的下場而難過地垂下頭。

但是，瀨古老師接下來所說的話，卻是我料想不到的反駁。

「那天我人在京都喔。會不會是學生看錯了呢？」

「哈！」佐野老師的聲音聽起來比知道真相的我還困惑。「竟然還敢厚臉皮地說這種謊，你有證據嗎？」

「我想你看到這個應該就懂了吧？」

瀨古老師好像拿出了什麼東西。數分鐘後，佐野老師滿臉通紅地從呆站在牆角的我眼前快步離去了。

「——當時瀨古老師拿出來的證據好像就是這個。」

美星把臉靠向我拿出來的智慧型手機的畫面，說道：

「這是Decacetter吧。」

佐野老師一離開，我就去找瀨古老師，問他發生了什麼事。老師確定四周沒有其他人之後，把給佐野老師看過的手機螢幕也拿給我看，簡單扼要地解釋自己利用Decacetter製造了不在場證明。但是，因為擔心我會出什麼差錯，所以他沒告訴我詳細的手法。後來他告訴我特訓要暫時停止，我也只能接受了。

停止特訓是逼不得已的，這一點我也明白。但是，根據瀨古老師的說明，明明真的在東京和我見面的瀨古老師，卻會變成一直待在京都，讓我相當混亂。最重要的是，我知道瀨古老師的不在場證明是假的。老師的謊言會不會因為什麼事情而被拆穿呢——我無法掌握真相，只能任憑心裡的不安不斷膨脹。

我立刻在教室找到康士，拜託他教我怎麼用手機使用Decacetter。我沒告訴他我的目的，他雖然不太高興，還是很熟練地執行我的委託，告訴了我簡單的使用方法。我和康士分開後，立刻憑著對瀨古老師的手機畫面的印象尋找他的帳號，並成功顯示在自己的手機上。但是，我終究搞不懂瀨古老師是用了什麼魔法捏造出不在場證明，只好在河岸旁的空地獨自一人唉聲嘆氣。

「瀨古老師應該是覺得不要讓涼子小姐妳知道內情比較好，所以才沒有對任何人解釋……妳確定要聽我說出真相嗎？」

美星擔心地說。她竟然以能夠解開真相為前提，似乎比外表看起來還充滿信心。

「沒關係的，知道究竟發生什麼事情的話，我想我們之間的氣氛就不會那麼尷尬了。」

我毫不猶豫地點點頭，接著又問道：

「美星，妳很熟悉Decacetter嗎？雖然我會用了，但我是機器白痴，到現在還搞不太懂Decacetter是什麼東西，這樣子是沒辦法理解瀨古老師所用的手法的吧？」

美星用食指抵著臉頰，先表示自己其實也沒有用過，然後才說：

「使用者註冊帳號後再登入，就可以使用Decacetter。要註冊帳號的話好像必須設定在登入時會用到的密碼，還有使用者名稱跟帳號名稱。」

美星指著顯示在我的手機的畫面上的瀨古老師的帳號，說明了起來。以瀨古老師的情況來說的話，他的使用者名稱是「@shu-seko」，帳號名稱則是「SEKOSHU」，這些只要一開始設定好，後來就可以任意更改的樣子。因為在設定上是要用使用者名稱和密碼來登入帳號，所以使用者名稱不會跟其他帳號重複。

「所以，瀨古老師是怎麼利用這個帳號當不在場證明的呢？」

聽到美星的問題，我一邊滑動畫面一邊回答：

「我和老師在銀座見面的那一天，在京都車站的大階梯的舞台好像有偶像在舉辦活動。」

是室町小路廣場對吧？美星小姐補充道。那裡算是一個小活動場地，觀眾可以坐在階梯上觀賞舞台上的表演。

「瀨古老師說他看到那個偶像後，就拍了照片，上傳到Decacetter。」

「啊，那個活動我知道唷。」藻川先生插嘴說道。他好像還是有在聽我們說話的樣子。「因為我也去看了嘛，那些女孩子第一次在京都車站舉辦活動，所以只有那天開放觀眾拍照唷。」

「哦？原來你在京都車站啊。難怪那時明明是營業時間，你卻一直沒回來。」

美星狠狠地瞪藻川先生一眼，他就閉上了嘴巴。我瞬間明白了這間店誰最有說話分量。美星並不介意臉頰肌肉微微抽動的我，回到了正題。

「不過，只有這樣是沒辦法當不在場證明的吧？」

「為什麼？」

「除了老師之外，應該還有很多人也把京都車站的活動情景上傳到網路上吧。只要從裡面隨便挑幾張照片，再假裝是自己所攝影的，上傳到Decacetter就好了。或者也可以在有人幫忙的情況下，請對方急忙前往正在舉辦活動的京都車站拍下照片後，再把使用者名稱和密碼告訴對方，讓對方用瀨古老師的帳號發表照片。」

「佐野老師好像也馬上說了類似的話來反駁。可是他看到照片的發表日期之後，似乎就知道他的反駁是沒有意義的了。」

我指出那則關鍵短文的發表時間，美星則把它念了出來。

「下午兩點零三分……」

「是的。這個活動原本就是在下午兩點到三點間舉行的。但我記得我和瀨古老師在銀座見面時是下午三點左右。被看到走出咖啡店應該也是在剛過四點的時候。」

「這樣啊……那這則短文就可以當不在場證明了。Decacetter的發表時間是由系統管理，沒辦法讓使用者隨意操控的。」

美星很快就明白了情況，但藻川先生則是不太能接受地反駁道：

「為什麼呢？他又沒辦法證明那則短文沒有使用剛才妳所說的方法，無論是使用別人的照片，或是找誰幫忙上傳。」

「不，如果只是單純討論有沒有可能實行的話，我所說的方法的確是可行的。但是，不要忘記了，瀨古老師之所以會陷入必須製造不在場證明的情況，是經過許多偶然才造成的結果。」

這是什麼意思呀？藻川先生問道。

「也就是說，在下午兩點零三分的時候，瀨古老師根本沒有必要特別準備照片或幫手來發表這則短文。當然了，要說他為了去東京而前往京都車站，看到有活動後無意間拍了照片上傳應該也可以吧。但是從時間上就可以明確地排除實行的可能性了。」

下午兩點零三分在京都車站的人，無論使用何種交通方式，都不可能在下午三點在銀座邀學生喝飲料。也就是說，在上傳照片的時候，瀨古老師就已經動了某種手腳。

「既然這樣，那個老師是不是一開始就是一路跟著妳到東京的呀？因為他知道妳和同班同學一起，為了解決萬一被發現的問題，才事先做了安全措施吧？」

藻川先生的反駁相當一針見血，如果佐野老師提出一樣的問題，我很懷疑瀨古老師究竟能不能順利度過這個難關。

不過，我搶在美星之前開口回答：

「我想這是不可能的。」

「為什麼？」

「我們被看到一起走出咖啡店時，瀨古老師的反應實在不像是事先已經安排好對策的樣子。正因為他平常不太會把情緒表現在臉上，所以我可以確定他那慌張的模樣並不是裝出來的。」

「這種理由我沒辦法接受。如果老師做了跟跟蹤狂沒兩樣的事情，那會用盡辦法隱瞞不是理所當然的嗎？」

藻川先生還不肯放棄，但是……

「如果他做了那麼多事情才在東京和涼子小姐見面，結果在咖啡店裡要談的卻只有結束特訓這件事，這樣不是很怪嗎？而且，就算老師是在事先想好對策的情況下跟蹤涼子小姐，也不可能連被誰看到的時間都抓得剛剛好啊。假設涼子小姐和朋友吃午餐吃久一點，兩人被看到的時間晚了大約一小時的話，那兩點時發表的短文就沒有任何意義了。因為在這段時間內是可以從京都趕到東京的。」

在美星的掩護攻擊下，他終於沉默了。

接著，美星操作我的手機，瀏覽了瀨古老師過去發表的短文。第一次短文是今年一月左右發表的，除了跟專門學校有關的內容之外，還可以看見一些不是很重要的自言自語，但總數也只有一百出頭。對一個持續使用Decacetter的使用者來說好像算是非常少。

「他追隨的帳號跟追隨他的人好像都很少耶。這裡面有在現實生活中跟老師比較熟的人嗎？」

正如她所言，瀨古老師追隨的帳號連同名人帳號在內約有三十人，追隨他的人則是少到只有十個人。我指著老師追隨的其中一個帳號說：

「瀨古老師說只有一個人跟他在現實中也有來往。這就是他的同事島老師的帳號。」

島老師的名字叫善郎，他的帳號名稱是「島島善善」，使用者名稱則是@shima2-yoshi2。他發表的內容和瀨古老師的大同小異，幾乎都是與專門學校有關的牢騷或無關緊要的碎碎念。發表的短文數量是瀨古老師的帳號的十倍以上，因為想看完所有過去的短文要花非常多時間，美星看到一半就放棄了。

「他們兩個人原本就是同事，好像是因為玩Decacetter才變得比較熟的。我也檢查過了，這兩個人都有追隨對方。」

我如此補充道，結果美星的眼神立刻就變了。

「瀨古老師在銀座跟妳說過『這件事我自有辦法』對吧？」

「是的。他當時就已經想到要用Decacetter來製造不在場證明了。」

「老師是不是在你們被發現的稍早之前就一直在操作手機呢？」

「咦？啊，這麼說來，我記得我們在咖啡店聊到講不下去時，他一直在看手機。」

美星露出滿足的微笑，把一直擺在吧台上的磨豆機下方的抽屜拉開，聞著咖啡豆的香味說道：

「這個謎題磨得非常完美。」

她知道瀨古老師究竟做了什麼嗎？當我驚訝得呆住時，美星的臉突然紅了起來。

為什麼呢？總不可能是說完剛才的台詞後自己也覺得不好意思吧？

美星清了清嗓子，開始用剛磨好的咖啡粉沖泡咖啡。

「我先說結論吧。瀨古老師和島老師把Decacetter的帳號整個交換了。」

「交換？」我疑惑地歪了歪頭。

「瀨古老師在被學生目擊到和妳在一起之前，大概就連在咖啡店裡的時候，都一直在看島老師上傳到Decacetter的京都車站的活動情況吧。所以他才會想到，如果真的需要製造不在場證明的話，可以利用這則短文。如果只請島老師作證說瀨古老師和自己在一起，怎麼看都很像是在袒護感情好的同事，但是只要有Decacetter的短文的話，就可以當成不動如山的證據了。」

所以她剛才才會問我瀨古老師是不是有操作過手機嗎？他瀏覽Decacetter的時間與短文的發表時間愈近，就愈容易與製造不在場證明的點子聯想在一起吧。

「據我所知，島老師曾經袒護過瀨古老師，如果瀨古老師說『我有可能會被解僱，請你幫我』，我想他應該不會拒絕。所以兩人就先交換帳號，再各自把對方的使用者名稱和帳號名稱換成自己的。話雖如此，其實嚴格來說也不用全部換掉，只要讓別人看起來覺得很像是本人的帳號就夠了。因為這些資訊都是可以任意更改的，接下來，瀨古老師把島老師過去發表的、跟專門學校有關的短文留下來，再把能明顯看出不像是瀨古老師會說的事情刪除。短文的總發表數之所以很少，是因為他不得不刪掉許多短文吧。說不定還得依據情況來調整追隨的帳號。」

最後美星又說，或許可以藉由最早的短文的發表時間來證明這件事。經她這麼一說，我想到瀨古老師在上個月時曾說自己開始使用Decacetter是在半年前，所以最早的短文是今年一月發表的話，時間上就會有些誤差。我再次檢查看起來像是島老師在使用的帳號，結果最早的短文是今年四月發表的。果然，把它視為是瀨古老師原本使用的帳號應該沒錯。

「對Decacetter很不熟悉的我完全沒想到還有這個辦法，但聽妳解釋之後，這其實是個比想像中簡單又大膽的手法呢。」

就算只知道了自己能理解的部分，我還是覺得心情好多了，但相較之下，美星卻是面色凝重。

「我覺得這是個有可能辦到的方法。但是，我才花這麼短的時間就看穿了它。因為Decacetter具有匿名性，有可能只是他們兩人沒注意到，事實上還有學校人士從以前就一直在關注他們的帳號。如果佐野老師不死心地調查下去，就無法保證這個方法可以隱瞞多久了。」

她說完這些後，替我送上了剛煮好的咖啡。她應該是在提醒我要小心一點吧，但是很不巧地，我對此束手無策。我喝下的咖啡，味道跟在銀座喝的一樣苦，我轉頭看向藻川先生，想說或許他還會對美星的話一笑置之，但他的臉上也掛著不會輸給咖啡的苦澀表情。

8

美星的不安成真了，瀨古老師的謊言不到一個月就被拆穿。

有一名學生在瀨古老師還以真實姓名使用Decacetter時就一直追隨他的帳號，但有一天竟然變成了像是島老師在用的帳號，學生覺得很奇怪，就告訴身邊的友人，這件事似乎被佐野老師聽見了。

不僅違反了規則，還想隱瞞事實的行徑曝光，瀨古老師的處境變得十分惡劣。一時之間，我也差點成為大家譴責的對象，但瀨古老師堅持是他自己主動接近我，也強調這條規定是為了保護學生，換句話說就是袒護了我，最後學校給我的處罰只有口頭上的告誡而已。至於島老師協助隱瞞的行為，瀨古老師似乎堅持那是他未經同意就佔用了島老師的帳號。

瀨古老師一定會受到很嚴重的處分，而導致此結果的原因毫無疑問就是我。雖然沒有人直接跑來對我說三道四，但我後來等於是以如坐針氈的心情在上學，過沒多久，學校即將放寒假了。

十二月二十四日，世人都稱這天為聖誕夜，也是本校今年的最後一個上課日。

放學後，我到老師辦公室前等待瀨古老師現身。雖然想跟他說話，但發生那種事之後，我還是不太敢踏進老師辦公室。

我靠在牆壁上等了一會，瀨古老師就從老師辦公室裡走出來了。他看到我的臉，只有稍微揚起眉毛而已。那是讓我感覺這幾個月所發生的事情好像全都是在作夢般的冷淡反應。

「瀨古老師，我有話要跟您說。」

我叫住老師的聲音顫抖到連自己都覺得很窩囊。

「妳在賀茂川沿岸的長椅告訴我吧。可以先過去等我嗎？」

「咦——可是，在校外見面不是……」

「已經無所謂了。」

一聽到這句話，我就知道學校給老師什麼處罰了。為了避免更換講師讓學生產生混亂，所以處罰才會延到今年年底才執行吧。

我覺得眼淚快流出來了，所以只點點頭表示了解，然後就轉身背對老師。我穿過教室前往校門的雙腳，在不知不覺間跑了起來。

我以凍僵的手指使用著手機，在昏暗寒冷的天空下等待超過三十分鐘後，看到瀨古老師從河川上游的方向走了過來。

遠遠地就可以看見他除了包包之外還拿著某個體積龐大的東西。隨著他愈走愈近，我發現那是一束必須用兩手環抱才拿得起來的花。

「您這是什麼意思呢？」

要無視那束花的存在就討論正題實在很困難。我一用手指那束花，老師就把它遞給我，說道：

「是聖誕節禮物。很抱歉讓妳多了個東西要拿，不過，要是妳不介意的話，還請收下它。」

「給我的？這是您特別準備的嗎？」

「是的。剛才我其實也正想去找妳，但妳先過來找我，所以省了一些時間。」

「原來是這樣啊。不過，這束花還真大呢。」

「我今天早上把它帶去學校，先放在平常我們去的那間練習室裡，幸好沒有任何人發現。」

老師在我身旁坐下來，露出惡作劇般的笑容。沒想到他在處境這麼艱難的時候還有心情做如此鋪張的事情。但我的傻眼在收下花束的瞬間就被高興淹沒了。

「……我覺得自己必須跟老師道歉。」

我看著放在自己大腿上的花束，說道：

「真要從頭追究的話，都是因為我任性地請老師陪我特訓，結果才會害老師失去工作的……我完全不知道該怎麼向老師賠罪。」

結果，老師卻說了出乎我意料之外的話。

「如果妳以為我會因為違反規則而被解僱的話，那真的是很大的誤會。學校給我的處罰只有減薪三個月而已。」

「咦？可是，您剛才不是說就算在校外見面也無所謂了……」

「是我主動提出辭職要求的——我要離開這個城市了。」

要怎麼形容當時我腦中響起的聲音呢？那是一種與玻璃掉落摔破，或行駛的車子撞上電線桿時似是而非的、既震驚又悲慘的聲音。

「我和太太討論過之後，決定要全家人再次一起生活。太太才剛開始工作，所以由我辭掉工作前往東京。我有物理治療師的資格和實務經驗，或許也能再找到新的工作——這個有些天真的期待也是理由之一。剛出社會時的實務經驗讓我失去了自信，但我後來也發現自己並不適合在專門學校擔任講師。簡單來說，就是我該離開的時候到了吧。」

明明不需要內疚，老師卻一反常態地多話，解釋了我根本沒有問的事情。

「因為這樣，今天應該是我最後一次和妳見面了。現在回想起來，真的受到妳很多照顧。因為妳願意聽我傾吐煩惱，我才能理清自己的情緒，從之前的膠著狀態往前跨出一步。還有，妳的便當真的每次都非常好吃。」

謝謝妳。老師低下頭說道。不對。我才沒有照顧老師什麼，那是騙人的。無論是向我傾訴家庭的情況，還是吃我親手做的便當，都只是老師在配合一直往前衝的我而已。我卻讓瀨古老師背負了違反規則而離開學校的污名。

老師看到我沉默低下頭的樣子，似乎也放棄聽我的回答了。他從長椅上站起來，最後跟我說了一句「多保重」就離開了。我連在他的腳步聲逐漸遠去的時候也從未抬起頭來看老師。明明想著至少要把他離去的身影烙印在眼裡，身體卻像凍結似地一動也不動。

寒冬夜晚的空氣之冷冽，讓我懷疑花束的花瓣或葉片可能會因此枯萎。但這種感覺也逐漸淡去，就在我連時間經過了多久都搞不清楚的時候，身體突然被用力搖晃了一下。

「妳在這裡做什麼？會感冒的唷！」

因為和夜色混在一起，雙眼抓不太到焦點，但這的確是藻川先生的聲音。

為什麼他會在這裡呢？不過，我逐漸模糊的意識已經無法再深思下去了。

「我覺得心裡有點不安才跑來看看，沒想到……哎呀，妳的臉頰冷得跟冰塊一樣！來我店裡吧，馬上弄點可以溫暖身體的東西給妳喝。」

藻川先生說完這句話後，扶起我的身體，摟著我的肩膀，把我帶到車上。那之後我的記憶中斷了一陣子，但還記得要緊緊抱住花束不放，回過神來時，我已經坐在塔列蘭店內的桌子前了。

9

「……弗朗西斯科・巴列塔。」

美星為了讓我恢復清醒，替我準備的不是咖啡，而是溫熱的白蘭地。她看到放在我旁邊椅子上的花束後，說出了這個單字。我含下一口白蘭地，喘了口氣，反問她：

「巴列塔？」

「是把咖啡樹引進目前世界第一咖啡生產國巴西的名人喔。——瀨古老師曾說要去銀巴，然後和妳在銀座的café喝咖啡對吧？他喝的咖啡大概就是以巴西生產的咖啡豆沖煮的。」

當時我沒有看菜單，不知道咖啡豆的產地是哪裡。不過，因為美星刻意用「café」來稱呼咖啡店，可以推測出她大概已經確定我們兩個人去了哪間店。

「有人說銀巴指的其實是在銀座的café喝受到文化人士喜愛的巴西咖啡，而銀座的café則是咖啡在日本普及的契機之一。這是在大正時代誕生的詞彙，銀巴的『巴』就是巴西咖啡的省略。」

我並不知道這件事。我一直很理所當然地把「巴」想成是閒晃[5]的意思。

5 一般日本人所知的銀巴（銀ブラ）其實是在銀座閒晃漫步的意思，一九九〇年代才又另外出現「在銀座的咖啡店喝巴西咖啡」的說法。閒晃的日文為「ブラブラ」，與巴西的日文「ブラジル」前兩個字相同。

「瀨古老師一定是很喜歡咖啡的人，因為想要體驗我說的那個意思的銀巴，才會到銀座去的吧。因為那時涼子小姐回答『跟老師差不多』，老師想說反正最後你們兩人都會走到同一間店，所以才會用『這也是不得已的』來形容這件事。既然他這麼迷戀巴西咖啡，會知道弗朗西斯科・巴列塔的軼聞也是很正常的。」

「等一下，妳怎麼會突然提起這個？」

「我說的是老師送給涼子小姐的那束花喔。正中間的那株有葉子的植物就是咖啡樹苗。」

我目瞪口呆地盯著花束看。我怎麼看都覺得是平凡無奇的葉子，但對咖啡的專家來說，要認出咖啡樹的葉子或許是易如反掌的事情。

就連對園藝不是特別有興趣的我也曾經看過店家在賣咖啡樹苗，所以樹苗本身並不是什麼很稀奇的東西吧。但是，如果說到把咖啡樹苗放在花束裡算不算普遍的話，那就另當別論了。

美星對我說了一個與老師真正的用意有關的傳說。

「一七二七年，巴西與法屬圭亞那之間的國界經常爆發紛爭，巴西便派遣使節團前往圭亞那。而奉命擔任隊長的就是少校兼沿岸警備隊代理隊長弗朗西斯科・巴列塔。巴列塔最重要的目的當然是調停紛爭，但除此之外，他還身負另外一個使命。那就是把當時已經在圭亞那栽種，禁止攜帶出境的咖啡樹帶回巴西。

巴列塔待在圭亞那的時候，認識了當時的圭亞那總督克羅德・多爾維的夫人，最後與她墜入愛河。某天，巴列塔因為不知道該如何把只要攜帶出境就會被處以極刑的咖啡樹帶回巴西而頭痛不已，便把這個機密任務告訴了多爾維夫人。多爾維夫人答應巴列塔要給他咖啡樹苗，但一直找不到機會，最後，巴列塔順利地調停紛爭，即將要回到巴西了。

巴列塔的使節團要回國的那天，總督舉辦了送別的宴會，多爾維夫人也有出席。在宴會的氣氛到達最高潮時，多爾維夫人突然送了巴列塔一大束花。而這束花裡面竟然藏了五株咖啡樹苗。

於是，巴列塔成功地把咖啡樹帶回巴西，進而促使巴西在未來發展成世界最大的咖啡生產國。」

真是可喜可賀、可喜可賀……我該這麼說嗎？

對這個浪漫的故事潑冷水的是藻川先生。

「那個叫巴列塔的男人肯定長得很帥，跟我一樣。」

我無視他的話，對美星說道：「不過，如果真是如此，那老師給我的花就是在表達他對我的感情吧？因為多爾維夫人肯定是愛著巴列塔，才會冒著危險贈送樹苗給他。」

美星則表情不是很好看地點點頭。

「我也這麼認為。不過，那束花也有代表永別的意思吧？」

沒錯，所以我聽完剛才的軼聞之後，才覺得好像沒辦法用「可喜可賀」來收尾。

「不過，為什麼他會用花束來傳達這麼難理解的訊息呢……他有可能在銀巴那件事發生後誤以為涼子小姐妳對巴西咖啡很了解，但是……」

「就這樣結束好嗎？對方也對妳還有留戀唷。」

藻川先生皺起眉頭看著我說道。

「說是這麼說，但我也不知道該怎麼做才好。」

「妳沒有問他住在哪裡嗎？或是什麼時候要去東京、現在出門去哪裡之類的。」

現在出門去哪裡。聽到這句話，我腦中靈光一閃。

我操作手機打開了Decacetter。瀨古老師的帳號從那件事發生後應該就沒有發表過任何短文了——不。

我趁著在河岸旁空地等待瀨古老師的時候有確認過，他沒有發表任何短文。但是現在螢幕上卻有一則最新的短文。發表時間距離現在只有幾分鐘。

我正在前往京都車站的路上。曾照顧過我的所有人，謝謝你們。再見了。

「——藻川先生，請開車載我一程！」

外頭夜色已深，這個時間趕過去的話，就算是最後一班新幹線也不一定來得及。但我還是站了起來。我覺得要是現在不去的話，自己會後悔一輩子。

「包在我身上！我會用光速載妳過去的！」

我跟在迅速往外衝的藻川先生身後，穿過了塔列蘭的大門。途中，我轉頭隔著窗戶望向店內，看見美星對著我用力握緊拳頭，便單手舉起了花束回應她。

據說如果從高處俯瞰夜晚的京都市區，可以看到沿著棋盤狀的街道排列的車燈連成一條筆直的光線。就這個意思來說，藻川先生的車子在聖誕夜的壅塞道路上的確就跟光沒兩樣。換句話說，我們只能在車陣裡緩慢地前進。

不過，即便如此，我們還是勉強趕上了最後一班新幹線。當然了，瀨古老師搭的不一定是那一班，很有可能已經離開了。我抱著祈禱似的心情買了月台票，一邊在新幹線的月台上奔跑，一邊在心裡詢問自己：見到老師後我該說什麼呢？我究竟希望老師怎麼做呢？

總而言之，我們最後很幸運地在月台中段發現了瀨古老師。而我也沒有必要思考應該先對老師說什麼話了。

因為在我用手指出老師的位置後，藻川先生先是奪走我手上的花束，接著就猛然朝老師衝了過去，冷不防地用剛才拿到的花束痛打老師。

「你這傢伙到底想幹麼呀！都要回去自己老婆身邊了，還送這種東西給人家！」

「你、你是誰啊！」

瀨古老師拚命抵抗，但藻川先生仍舊不肯停手。至於我的話，則因為這名老爺爺往前衝的關係，距離一下子被拉開，正疲憊不堪地努力趕向他們。

「你知道那個女生明白這束花代表的意思之後會怎麼想嗎！她說不定會一直沒辦法從你那只是做做樣子的愛情裡走出來唷！」

「你不要胡說八道！如果真的只是做做樣子，我哪會做這種事情！」

「哼！反正你以後也不會再見到她了，要怎麼說都行——」

「別再說了，藻川先生。」

等我終於追上來，想把兩人拉開時，藻川先生卻出乎我意料地馬上就冷靜下來了。他稍微退開，抱著胳臂，頭撇向一邊。

我沒有時間向只是一直呆站在原地的老師解釋我和藻川先生的關係了。我已經在月台前方看到新幹線正逐漸駛近。

「謝謝您。」

我再次轉身面向老師，對他深深低下頭。

我或許曾想過要道歉。不過，我還沒有感謝老師。我想這就是我想傳達的事情。

「其實我一開始就明白了，這是一場不會有好結果的戀愛。擁有太太跟年幼孩子的老師，是不會對我這種——**年紀比自己大超過一輪**的女人有興趣的。」

瀨古老師的眼裡流露出悲傷的情緒。但是，我卻能自在地對他展現笑容。

「不過，我還是覺得很開心。因為可以再次感受跟周遭的年輕學生們一樣的心動和歡喜。」

新幹線列車抵達月台，打開車門。這次輪到我對老師揮手，說「請多保重」。老師什麼也沒說地轉過身走進了車裡。他真的直到最後都沒有說一句話。

彷彿時光倒轉的情景一瞬間就結束了，列車再次動了起來，駛向東京。載著老師的列車逐漸遠去，而我絲毫沒有想要追上去的意思。

10

「為什麼那天早上您會找我說話呢？而且還喊我『小姐』。」

我趁送我回家的車子停下來等紅綠燈的時候對在鄰座握著方向盤的藻川先生問道。

藻川先生輕輕地抓了抓鼻子，看著正前方裝糊塗地說道：

「在我眼裡看來，二十幾歲跟四十幾歲都一樣是小姐呀。」

「可是，美星有說過，你最喜歡年輕女孩了。你平常只會對年輕女孩搭話吧？」

我今年四十五歲了。在我就讀的這間以取得專業資格為第一目標的專門學校裡，有很多學生是社會人士，我們班就佔了大約一半，不過我還是年紀最大的。更別說剩下的一半都是連有沒有滿二十歲都不知道的年輕人。

過著這種被學生們包圍的日子，讓我確實感覺自己好像也變得愈來愈年輕，彷彿得到了能重新體驗青春時代的機會。不過，那終究只是一種感覺。在這麼近的距離見識到年輕孩子有多耀眼後，真的會覺得要和他們平等競爭是連想都不用想。

「……應該是覺得有點像吧。」

藻川先生沉思了很久後，一邊踩下油門一邊說道。

「像誰？」

我不小心下意識地反問他。但是藻川先生卻沒有直接回答我。

「雖然仔細觀察之後，才發現長得根本一點也不像。不過，像是意志堅強的部分，或是只要下定決心，就算前方有障礙也會繼續往前衝，我覺得還是跟她很像。反正就是那天在路邊跑到筋疲力盡的妳讓我覺得好像有這種氣質啦。雖然我自己也搞不太懂，不過我想應該就是這麼一回事吧。」

所以我就走過去找妳說話啦。他這麼說道。

我已經察覺到他是在說誰，所以沒有追問下去，而是從沿著川端通北上的車子的窗戶眺望外面的景象。原本會形成兩條朝同樣方向行走的光線的單側雙線道道路，在不知不覺間失去其中之一，凸顯了仍舊持續前進的一道光。

美星曾經告訴我，藻川先生的太太已經在幾年前過世了。

11

「事情就是這樣，抱歉讓你擔心了。」

隔天，我把康士找來家裡，煮了聖誕大餐款待他，順便報告了前天發生的事情。

順便一提，康士的聖誕夜似乎是跟一位很親密的女性度過的。他之前說他玩得挺瘋，看來也並非是在說大話。

聽完我說的事情後，康士好像稍微鬆了一口氣，低下頭對我說：

「我才應該道歉，對不起，做了那種好像要拆散你們兩個人的事情。明明知道放著不管謠言就會愈傳愈遠，卻完全沒有提醒那傢伙要保密。」

他指的似乎是跟他一起去東京的朋友。

「不過，我還是很擔心妳啊，**媽**。妳才剛跟老爸發生那種事，如果這次輪到妳去破壞人家家庭的話，那可不是開玩笑的。當然了，妳都離婚了，我也希望妳可以好好享受自己的人生。但是，如果妳要考慮今後的事情——特別是有考慮到再婚的話，我希望妳可以更腳踏實地一點，慎重地挑選對象。」

要是媽媽沒有過著幸福的日子的話，我會很頭大的。看著補上這句話後張嘴咬了一口炸雞的康士，我覺得很欣慰。

伊達康士是我和離婚的丈夫伊達章三所生的兒子。而我和章三之所以會認識，是年輕時的我在某間醫院擔任行政人員時，章三以父親經營的藥廠員工身分到醫院來，結果對我一見鍾情。好像是他看到我別在胸前的名牌寫著全名，發現「如果我們結婚的話，姓名的筆畫數就都跟我一樣」，認為這是命中注定的樣子。應該不太可能真的只有這個理由，但仔細想想，「章三」和「涼子」都是第一個字十一畫，第二個字三畫，所以知道時也滿吃驚的。不過，這個說法有個問題，那就是在姓名學裡三點水多半是計算成四畫，所以倒也不一定就是真的筆畫相同。順便一提，「康士」這個名字也和章三一樣是第一個十一畫、第二個字三畫。

「對了，妳剛才跟老爸在電話裡講什麼啊？」

康士把湯匙放進法式清湯[6]裡，假裝若無其事地問道。因為今天他過來的時候，我正好在跟章三講電話。康士在我們離婚時曾強烈譴責身為禍首的父親，所以比起我，章三似乎更介意康士的想法，連我偶爾跟他講電話的事情，他也希望我不要告訴康士。但是今天我剛好沒抓準掛電話的時機，就被康士知道了。

我「呵呵呵」地笑起來，老實回答了康士的問題。

「你爸爸說可以介紹工作給我，叫我考到物理治療師資格後就回東京。」

康士頓時嚇得張大了嘴巴，湯匙差點就從手裡掉下去。

「老爸該不會說要跟妳復合吧？」

「誰知道呢？不過，我覺得應該沒有那麼單純。有可能是那個人想用自己的方式贖罪吧。」

當然了，我的回答是「與其說這個，還不如多照顧一下康士」。但章三卻說「那傢伙應該不想要靠我的關係才拿到的工作吧」，馬上否決了我的話。康士才十幾歲，正是各方面都難以捉摸的年紀。只要沒有真的想斷絕往來，就讓時間填補父子間的裂痕即可。反正還要過很久才會開始找工作。

「所以，妳要接受這個提議嗎？」

康士不太高興地問道。我想，這應該也不算是真正發自他內心的反應吧？

「這個嘛，該怎麼做才好呢？不到必須做決定的時候是不會知道的吧。」

我說的「不知道」是實話。無論是離婚後卻沒有把姓改回來，還是直到現在還是用以前習慣的「爸爸」來稱呼章三，這麼做究竟有沒有理由，連我自己都搞不太懂。

6 以絞肉和蔬菜煮成的清湯，關鍵在於製作的過程中會撈除浮油和雜質，完成的湯呈現清澄的琥珀色，因此也有人稱之為黃金湯。

隨著日子經過，無論是好是壞，我都愈來愈可以體會到，兩人以夫妻身分生活的這二十年究竟有多長。

只是無論如何，我現在都希望自己可以照顧自己的人生。自從我嫁入了所謂的豪門以來就無法在外面工作，所以也一直對章三的小小錯誤睜一隻眼閉一隻眼，等到離婚之後，我才明白那是多麼令人不安的處境。現在我領著章三給的贍養費和兒子的學費，過著經濟上還算充裕的生活——因為考慮到康士的想法，我們沒有住在一起，從沒有工作收入的現況來看，這應該是相當奢侈的事吧——但是，我並不打算永遠依靠他人生活。不只是因為受到兒子的影響，從前在醫療機構工作的經驗也是我選擇物理治療師這條路的原因之一。既然決定要做，就要貫徹到底。我的意志之堅強是連藻川先生都給予肯定的。

「是喔。」康士吃了一口拿來當配菜的馬鈴薯泥，態度還是有些彆扭地說道：「不過，如果媽妳答應的話，或許這件事讓老爸幫忙一下也好。畢竟妳之前因為老爸的關係傷透了心，現在只要妳覺得高興就好了。」

以前孩子還小的時候，都是父母單方面地希望孩子能幸福。這個孩子究竟是在什麼時候長大到會反過來希望母親能幸福的呢？

我把身體往前靠在桌子上，用力地搓揉康士的頭。康士雖然嘴裡喊著「別鬧了」，卻沒有激烈反抗，臉上帶著笑容。

有時候或許也會遇到很痛苦的事情。說到寂寞的回憶的話，我昨天才剛深刻地體會了一次。

不過，我現在覺得非常幸福。

12

——對弗朗西斯科・巴列塔產生興趣的我，在那之後跑去查了一些有關他的軼事的資料。

根據那些資料，我知道除了「巴列塔和多爾維夫人墜入愛河」的說法之外，還有文獻寫的是「巴列塔是個稀世美男子，他欺騙多爾維夫人，藉此拿到了咖啡樹苗」。

根據看法的不同，對整件事的解讀會出現相當大的差異。前者是多爾維夫人回應了巴列塔的感情，後者則是巴列塔利用多爾維夫人的情意完成了使命。換句話說，咖啡樹之所以能傳入巴西，前者的原因是「巴列塔之戀」，後者則是「多爾維夫人之戀」。

人們心中的真實一定只有本人才會知道。就算巴列塔曾口頭敘述或是把事情寫在日記裡，也沒有人能知道他是不是真的愛上了多爾維夫人。

不過，我還是相信巴列塔是真的愛上了多爾維夫人。

因為雖然性別不同，我卻能夠深刻體會巴列塔刻意接近身為已婚者的多爾維夫人，想與她交心的心情——我覺得，如果不是那麼真摯的情意，是絕對無法讓一個人因為深受感動而不惜為此違反重要規定的。

消失的禮物飛鏢

我並不喜歡這裡。無論是幾乎要震破耳膜的大音量背景音樂、充滿紫色煙霧的混濁空氣、刺眼的燈光，還是聚集在這裡的人狂歡的樣子，我都一點也不喜歡，而且感到相當不快，甚至有些輕視。不過，我習慣了。就只是如此而已。

那晚我去了開在正對河原町通、大樓地下室裡的飛鏢酒吧。

向內延伸的長方形店內簡單擺了總共十五張圓形小餐桌，其中幾個已經被客人佔據，有下班的上班族、看起來像在從事陪酒工作的女人們，以及感覺不太聰明的大學生等等，全都是人數不多的團體。他們時而大笑、時而尖叫，安靜下來時還能聽見飛鏢機彷彿要填補空檔似地發出尖銳的電子音效。照明設備的光線相當刺眼，到處都有燭光搖曳，但店內卻昏暗得很不自然。亮光、聲音、聲音、亮光。每次來都覺得這裡真是個混沌的空間。

我不太想用「經常光顧」來形容自己並不喜歡的店，但因為有幾名店員看到我就親切地向我打招呼，所以應該可以自稱為常客吧。不過，這裡的店員全都比習慣被人餵食的野貓還會裝熟，說不定就算是第一次見面也會有同樣的反應。

「──湊先生，你會參加這次的比賽嗎？」

這名年輕女店員站在吧台內側把利口酒倒進雪克杯裡，同時向坐在對面的我如此問道，她以前也曾和我交手過。飛鏢酒吧的店員絕大多數是飛鏢玩家，所以陪客人對戰的情況很常見。

「嗯，其實我今晚就是為了比賽來練習的。」

我如此回答，接過了她遞給我的雞尾酒杯。

她所說的比賽是下下週舉辦的「超級飛鏢盃in京都」。如果贏得好成績的話，就能獲得參加全國大賽的機會，許多住在這附近的飛鏢愛好者都會參加，是京都規模最大的飛鏢大賽。我報名了數個比賽組別中的單人組。不過，很可惜的，現在的我沒有能夠角逐冠軍的實力，心境比較類似想看看自己能闖到哪裡的挑戰者。

真的想進步的話，我應該去的就不是這種初學者也能輕鬆踏進來的店，而是只聚集了技巧熟練的人，氣氛又能使人靜下心來集中射飛鏢的飛鏢酒吧。實際上，我也知道哪裡有這種店。

可是，因為最近有點忙，沒什麼時間射靶，所以在我的狀況還沒恢復之前，那不是我會想踏進去的店。我甚至害怕自己在那裡慘敗給其他客人而喪失自信，導致姿勢亂掉調整不回來。射飛鏢有時候會被當成講究心理狀態的運動，強韌的精神比技術重要許多。距離大賽已經沒剩多少時間了，為了在正式比賽時保持平常心，調整好狀態是很重要的。

所以我今天才選了這間店。等待沒人使用的飛鏢機的同時，一邊尋找適合的對手。

「那妳呢？要參加比賽嗎？」

我反問女性店員。因為曾經交手過一次，所以對方似乎記得我的名字，但我卻對她毫無印象，只能用「妳」稱呼。

她停下正在替其他客人製作飲料的手，抬眼看我。

「其實我有報名雙人組的比賽。不過，我很擔心自己會扯搭檔的後腿……我的飛鏢最近才剛換了新的。」

我試著回想之前跟她交手時的情況。如果她是個讓我覺得實力不足的對手，我反而會記得她的名字。所以應該只是因為快要比賽了才變得有點神經質而已吧。

「總之，希望我們都能在比賽時有好表現囉。——那你呢？」

我一開口搭話，坐在和我隔了兩個座位、一個人寂寞地喝著酒的男人的肩膀便震了一下。

「咦？我嗎？不，我哪有可能去參加比賽啊。」

他以搞笑的動作揮了揮手。從服裝來看，應該不到二十五歲，但他的外表看起來年輕到就算他說自己未成年我也不會驚訝，是因為他戰戰兢兢的樣子證明了自己不習慣來這種店的關係嗎？

肯定是這樣。我在腦中彈了彈手指。這傢伙一定不太會射飛鏢，正是個適合拿來當暖身的冤大頭。

「這樣啊，你是一個人來嗎？」

保險起見，我向他確認，他露出了很親切的笑容。

「是的。我想稍微練習一下射飛鏢。」

「你在等飛鏢機空下來吧？不介意的話，要不要一起玩？」

他的表情像是在說「我已經等很久了」似地突然亮了起來。

「可以嗎？我還是初學者，你說不定會覺得很沒趣喔。」

「沒關係啦。我這陣子也都沒碰飛鏢，技巧有點生疏了。你有自己的飛鏢吧？」

「啊，有，在這裡。」

男人從腳邊的側背包拿出飛鏢盒，打開了盒蓋。我看了看放在裡面的飛鏢，因為那獨具特色的形狀而瞪大雙眼。

「這難道是——」

「先生，有飛鏢機空下來了，請跟我來。」

這時，有名男性店員在身後呼喚我，對話便暫時中斷了。

「我們先過去吧。」

男人跟隨從位子上站起來的我，一口飲盡了手上玻璃杯裡的飲料。附近的餐桌旁坐著看起來剛從飛鏢機前回來的四名年輕男女，互相檢討已經結束的遊戲。一名男人得意地解說著，周遭的其他人則不停點頭贊同，但他在示範姿勢的時候，應該當成支點的手肘卻嚴重歪斜，根本沒有參考價值。大概是因為自己明明也是初學者，卻拚命地想讓更沒經驗的異性對自己留下好印象的關係吧。我以有些冷淡的視線看著這名因為膚淺的理由才玩飛鏢的男人，在店員的帶領下朝店後方前進。

店員帶我們去的地方並不是沿右側牆壁排成一列的那六台飛鏢機。他帶著我們走向比那些飛鏢機更後面的地方，到了像腫包一樣從長方形的店面向外凸出的空間後，便轉過頭來對我們說：

「請你們使用這裡的開放式包廂。」

原來如此，入口掛著薄薄的布幕，的確很適合稱為開放式包廂。這個空間的寬度雖然有點窄，深度卻很夠，正前方的牆邊放著飛鏢機，靠近我這邊的地方則擺了一張玻璃桌及人工皮沙發，除此之外什麼都沒有。牆壁和地板都統一成墨水般的黑色。

兩個第一次見面的人使用這間包廂有點浪費了。我一邊這麼想，一邊把自己的東西扔到了沙發上。

「需要什麼飲料嗎？」

男性店員在離去前對我問道。我彎下腰，翻開了桌上的菜單。

吸引我目光的是夾在店內制式菜單裡的「Merge」廣告。Merge是裝在酒瓶裡的加了蘇打水的利口酒，有草莓或柳橙等數種口味。廣告上放了這些酒的照片，顏色相當鮮豔，讓人忍不住想多看幾眼。不知道為什麼，這間飛鏢酒吧老是推薦大家點

Merge來喝。

而今天那張廣告上卻出現了我沒看過的句子。

新上市！適合老練男人的Espresso・Merge！

就算這世上真的有所謂的「老練男人」，而且有少部分的人會來這種店好了，我也很懷疑他們是否會被這種沒格調的廣告標語吸引。這只是在影射濃縮咖啡（Espresso）的苦澀[1]而已吧。沒記錯的話，濃縮咖啡指的應該是咖啡濃縮萃取成的飲料。對於不太喜歡Merge的甜膩口感的我來說，這種口味足以勾起我的興趣。

「請給我這種Espresso・Merge。你呢？」

我這麼說，把菜單遞給和我一起過來的男人。他急忙接過菜單後，猶豫了好幾

---

1 日文的苦澀（渋い）用來形容人時有老練、有深度的意思。

秒。

「要跟我點一樣的嗎？」

我看不過去，便如此提議，結果他毫不猶豫地搖搖頭。

「嗯……那我點琴通寧[2]。」

「知道了。」

店員行禮後就出去了。後來我若無其事地問道：

「你不喜歡濃縮咖啡嗎？」

「不，應該說是非常喜歡……」

他露出困擾的表情，說到這裡支支吾吾了起來。

總而言之，濃縮咖啡風味的東西都是邪門歪道，他是這個意思吧？我覺得有點掃興，便不再多說，轉而準備起飛鏢來。

桌上除了菜單之外，還放了點燃的蠟燭和不知道為什麼菸蒂沒清掉的菸灰缸，以及跟筆筒一樣上面沒有蓋子的塑膠盒。盒子裡豎著六支店家提供的名為「公鏢」的飛鏢。

我從帶來的飛鏢盒裡拿出三支自己專用的飛鏢，檢查飛鏢握起來的感覺時，男人則開始在我身旁組飛鏢。於是我再次提起了剛才在吧台聊到一半的話題。

「果然沒錯，那個飛鏢是飛馬牌的吧？」

男人驚訝地眨眨眼，說了句「原來你知道啊」，並笑了起來。

一支飛鏢可分為四個部位。羽翼的地方叫鏢翼，材質通常都是紙或塑膠。投擲時手指所拿的金屬製的部位叫鏢身，連接鏢身和鏢翼的棒子叫鏢桿，而等同於箭頭的最前端則叫鏢針。玩飛鏢機所用軟鏢的鏢針是塑膠製，但如果是用來射劍麻製鏢靶的硬鏢，鏢針就是金屬製的。

男人目前正在組裝的飛鏢，鏢身的形狀不是常見的圓形，而是像鉛筆一樣的六角形。製造這種形狀的飛鏢的廠商很少，較有名的就是男人所拿的飛馬公司製造的飛

---

2 Gin Tonic，混合琴酒和通寧水，再加入檸檬片的調酒。通寧水是一種以奎寧調味的汽水飲料，帶有苦味，原本是用來預防瘧疾的藥物，後降低其中的奎寧成分，改良為不具療效的飲料，經常用來調配雞尾酒。

鏢，但那間飛馬公司去年就停止生產這種飛鏢了，因此現在是不容易買到的商品，男人刻意選擇這種飛鏢，也可以當成是對飛鏢有某種堅持的證據。

說不定這個男人比我當初所想的還厲害。原本對他有點改觀了，但他接下來說的話卻輕易推翻了我的想法。

「這是某個人送給我的生日禮物。」

聽他的口氣就知道所謂的某個人指的是異性。他好像沒注意到我失望的樣子，我明明沒有細問，他卻繼續往下說。

「總而言之，與其說她的腦筋轉得很快，不如說只要一發生奇怪的事情，馬上就能想到合理的解釋，是個很聰明的人。這個飛鏢也是我才剛找到，她在當天就送給我了，可是我一個字都沒有跟她提過我想要這個飛鏢喔。當時我完完全全就是個飛鏢初學者，但她都送我飛鏢了，要是玩得很遜的話不就太對不起人家了嗎？所以我就忍不住跟她約好最近要露一手給她瞧瞧，也因為這樣，今晚才會跑來這裡一個人練習……」

「你有帶卡片嗎？」

我硬是打斷了男人的話。說穿了，他也是滿腦子都想著要在喜歡的女人面前耍帥才玩飛鏢的。對於想純粹享受飛鏢樂趣的我來說，這種人是最讓我不爽的。今晚就使出全力跟他玩吧。我如此下定決心。

我們接下來要使用的飛鏢機，只要購買玩家專用的卡片，就能在卡片裡記錄分數和簡單的個人資料。每次遊玩的時候都可以一邊對照過去的分數，一邊檢查自己進步的程度。

我已經把自己帶來的卡片插進機器裡，螢幕上顯示著我註冊的名稱「湊」。男人慌慌張張地把手伸入側背包，拿出卡片放進機器。螢幕的另一邊立刻就出現了他的註冊名稱「青山」。

「玩01沒問題吧？」

我投入一百圓硬幣一邊問道。青山點點頭，回答：「沒問題。」

既然要暖身，就選01吧。規則很簡單，在遊戲一開始所設定的總分，會隨著投出去的飛鏢分數減少，只要比其他玩家更早讓總分剛好歸零就贏了。因為設定好的總分的後面兩位數一定是「01」，所以大家就直接叫它01，也是最受歡迎的一種遊戲方式。

為了小試身手，我將總分設定為比較正規的五〇一分，並開始遊戲。

「那就由我先開始囉。」

我一這麼說，青山就很乾脆地禮讓我了。雖然先攻的人比較有利，但這麼說也是在表達別計較勝敗的意思吧。我毫不猶豫地拿起三支自己的飛鏢，將指尖對齊畫在我腳邊的線。

無論哪一種玩法，飛鏢原則上都是一局射三次。圓形的鏢靶像披薩一樣劃分為二十等分，印在外側的數字就是該區域的得分，從一分到二十分，沒有按照順序分配。除此之外，圈住鏢靶圓周的環狀區域是Double ring，正好將在半徑切半的環狀區是Triple ring，射中這兩個地方的話，分數就會分別變成兩倍跟三倍。而鏢靶中間的雙層圓圈則叫Bull。用軟鏢玩的話，在有一些遊戲規則裡，Bull外側的圓分數是一倍，內側的圓，也就是Bull's eye（靶心）則是兩倍，但在01這類要競爭分數的遊戲裡，一般來說整個Bull一律都是五十分。

我把重心放在往前踏出的右腳上穩定姿勢，然後將握著飛鏢的右手保持伸出去的狀態，想像一條從那裡延伸至鏢靶的拋物線。接著集中注意力，以手肘為支點，往後拉——擲出。

——我聽見了如信號槍般響徹整個包廂的輕快電子音效。射出去的飛鏢命中了鏢靶正中央的Bull’s eye。

「哦哦，好厲害！」

青山拍手稱讚我。我很想跟他說別因為這點小事就嚷嚷，但看到因為有空窗期而內心感到不安的自己毫無異狀地投出飛鏢，還是覺得鬆了一口氣。這麼一來要擊垮他應該是件輕而易舉的事情吧。

不過，01其實還有Double in和Double out這兩種規則。Double in指的是在射中Double ring或Bull’s eye之前都不算分，Double out則是最後一鏢要射中Double ring或Bull’s eye才能結束。關於這兩項規則，Double out是正式比賽也會採用的常見規則，相較之下，Double in使用的機率就稍微低了一點。不過，很多玩家都會為了能隨時應付採用Double in規則的遊戲而習慣第一鏢就瞄準兩倍區。就這一點來說，我算是表現得不錯。

順便一提，我們現在玩的這一場遊戲並沒有設定Double in或Double out的規則。所以第一鏢不管有沒有射中加倍區都算得分。我的第三鏢也射中了Bull，以剩下三百九十八分結束第一局，然後輪到青山上場，他的第一鏢是十七分，沒有加倍。看樣子他本來應該是想瞄準Bull，如果採用Double in的規則的話，那他的遊戲根本還沒開始。我暗自嘲笑他，一邊看著他玩下去。

青山結束第一局時，剛才的男性店員正好送了我們點的飲料過來。青山拿起了裝琴通寧的高球杯，我則拿起Merge的酒瓶。外型如保齡球瓶的酒瓶裝滿了黑色液體，顏色的濃度與真正的濃縮咖啡不相上下。我沒辦法在昏暗的店裡隔著酒瓶的液體看到對面，蘇打水的氣泡不時浮上表面後破裂。

我把酒瓶拿到嘴邊，想品嘗一下什麼叫濃縮咖啡的苦澀。

「……唔！」

我的雙脣反射性地吐出了這樣的聲音。

好苦。總而言之，我只嘗到了殘留在舌上的苦味，還有蘇打水的刺激。感覺只是把濃縮咖啡混進利口酒而已，這是我對它最直接的印象。

「看起來不是很好喝呢。」

青山看我皺起眉頭，主動開口詢問。他或許是想關心我，但我反而覺得被輕視了，於是逞強地說：

「其實我認為這種味道也滿合理的，只是我自己喝了會想加糖漿。」

「喝起來不甜嗎？」

「這個嘛，我只覺得很苦。」

「那就奇怪了。濃縮咖啡通常都會加很多砂糖，弄得甜甜的才喝，開發這款飲料的人是不是不太懂濃縮咖啡呢？」

他老是說這種好像要惹毛別人的話。明明是自認為對方不懂才在賣弄知識，卻感覺不到他的態度有任何惡意，因此更讓人火大。我把酒瓶放在桌上，馬上就開始了第二局遊戲。

後來的遊戲情況都跟之前一樣，空窗期並未對我造成太大的影響，我每一局都一定會有一鏢以上射中Bull，第四局結束時總分只剩九十分。這台飛鏢機是用總分低於一百分前每一局的平均得分來當Stats（平均成績），我的Stats已經超過一百，算是個不錯的開始。

相較之下，青山一局能有一鏢射中Bull就已經算好了，Stats才勉強超過五十而已。就算到了第四局結束的時候，他扣掉的分數也還沒到達兩百五十分，也就是原始總分的一半。

「在店裡玩果然跟在自己家裡練習完全不一樣呢。」

青山一邊傻笑，一邊不著痕跡地表達自己並未發揮原本實力的意思。我無視他的話，轉身面對投擲的基準線。

第五局。因為剩下的總分已經低於一百，為了能在最後以兩倍區做結束，我必須分配接下來要瞄準的分數。雖然我們並沒有設定Double out的規則，但跟Double in一樣，我希望能保持這種習慣。

因為我覺得自己在這場遊戲裡好像比較常打中Bull's eye，所以想先保留五十分，用Bull's eye做結束。如果順利的話，一局就可以結束了。

既然如此，目標就是二十了。能打中Double ring的話當然是最好，但就算沒有加倍，也只要兩鏢就能扣掉四十分。於是我先投了第一鏢，結果射中了沒有加倍的二十。這樣的發展跟我預測的一樣。

但是，我接下來的第二鏢卻犯了嚴重的失誤。原本瞄準的是沒有加倍的地方，卻偏偏打中了二十的三倍。

我忍不住嘖了一聲。這樣總分就只剩下十分。雖然只要能打中五的兩倍就好，但Double ring是在鏢靶的圓周上，稍微偏一點就會打到靶外。這樣一來下一局就會從剩下十分開始，變成只能瞄準五以下的數字。因為我平常玩飛鏢的時候不常碰上要瞄準小數字的局面，所以能射中的自信比Bull還低，這樣一來，情況就變得有點棘手了。

大概是我的擔憂影響了指尖吧。原本瞄準五的兩倍，結果力道不足，飛得不夠高，最後射中了沒有加倍的十二。剩下的分數低於零，所以這一局不算。下一局我要從跟這局一樣的分數，也就是九十分開始打。

算了，這樣也比剩下十分好吧。我如此安慰自己，把位子讓給青山，往沙發一屁股坐下。青山在接下來的一局射中兩次Bull，一口氣減了超過一百分。畫面上顯示著用來代表一局的得分介於一百到一百五之間的Lowton字樣。

「哎呀，總算找回原本的感覺了。」

他顯得很得意地轉動著肩膀。什麼叫找回原本的感覺啊，剛才那一局的表現才是不正常吧？我很想這麼說，但在此時跟他計較的話就上敵人的當了。內心的不安會讓手感跑掉。沒問題的，青山的總分還多達一百六十分，不會馬上追上來。

第六局的時候我失誤了，瞄準二十的兩倍的第一鏢打到靶外，但接下來的兩鏢我都想辦法打中沒有加倍的二十，所以總分只剩下五十。這樣子就能直接瞄準Bull's eye了，就算打錯數字，以剩下的分數來看，也足以讓我輕鬆結束比賽了吧。

因為已經安排好自己要打的數字，讓我暫時滿足了，便在沙發上坐下來。我又倒了一點Merge到嘴裡，結果還是苦得喝不下去。雖然還剩下將近九成，但要不要乾脆點新的飲料呢？就在我思考這件事的時候，青山站到投擲基準線前，說道：

「我接下來想打二十的三倍。」

他輕盈拋出的飛鏢真的如他所宣告的命中了二十的三倍。而且我還來不及佩服他，他就準備繼續投第二鏢了。既然剩下的分數剛好是一百分，那就只能以Bull當目標了。雖然我的確是這麼預料的，但當飛鏢機發出輕快的音效時，我還是難掩驚訝。青山的第二鏢竟然如此輕而易舉地命中了Bull。

我的心臟跳得飛快。再怎麼樣都不可能如此順利。但是我卻有一種他不會射偏的討厭預感，這究竟是怎麼一回事？

青山的背影和先前截然不同，感覺籠罩著一股無所畏懼的氣場。他以讓人聯想到迎風挺立的大樹般的穩定站姿拿好第三支飛鏢，以毫無偏差的美麗動作拋了出去。

「喂，騙人的吧？」

過了一瞬間，我才察覺到自己在喃喃自語。

他的飛鏢畫出漂亮的弧線，像是鏢靶那裡有條線在拉一樣將飛鏢吸向 Bull's eye。同時符合了 Double out 的規則，無可挑剔的一鏢。之前明明還剩下一百六十分，青山卻只用一局就拿下了勝利。是我輸了。

雖然浪費了第五局是很大的失誤，但我輸掉這場遊戲的可能性應該是零才對。因為結果實在太難以接受，我的腦中忍不住閃過青山該不會是想要我才故意在一開始放水的疑惑。

但是，當他回過頭來時，我立刻就否定了這個想法。

「……竟然中了。」

青山呆呆地張大著嘴巴，露出一副連自己也不敢相信的樣子。他投第三鏢時散發出來的異樣氣場似乎只是我的幻覺，甚至忘了要把鏢靶上的飛鏢收回來，一直杵在原地不動。

「射中自己瞄準的地方有什麼好奇怪的，快點繼續玩下一場吧。」

聽到我一邊不耐煩地抖著腿一邊這麼說，青山才慌張地走向鏢靶。接著，他維持背對我的姿勢說道：

「總覺得不太好意思，照剛才的情勢來看我明明是穩輸的。」

他的聲音聽起來好像打從心底覺得不好意思，所以又惹毛我了。有時候會在意想不到的地方被對手擺了一道，這就是所謂的比賽吧。這與是不是奇蹟無關，既然已經贏了，只要坦率地為自己感到驕傲就好。這世上沒有比被原本以為劣於自己的對手同情更難堪的事了。

「不過，看到這次的表現，我開始期待在送我飛鏢的人面前表演了。這都是多虧了湊先生陪我練習。啊，在下一場遊戲開始前，我先去一下廁所喔。」

青山露出溫和的笑容，穿過門口的布幕走出開放式包廂。

我心煩意亂地獨自站到了投擲線前。然後以和平常比起來有些粗暴的動作隨意地把飛鏢扔向鏢靶。我一直反覆扔著飛鏢，就算打中的地方離鏢靶很遠，我也不在意。

在頻繁出入飛鏢酒吧這種地方時，偶爾會遇到有人表現出明顯的敵意和露骨的侮蔑，或是完全不理不睬之類的負面態度。我一直把它當成是讓敵人動搖的策略，總是隨便敷衍過去。

但是這個叫青山的男人給人一種想調侃他是溫室裡的植物（雖然我不可能知道第一次見面的他有什麼過去）的溫和又傻氣的感覺，以前從沒遇過，反而讓我火大。我知道他沒有惡意，就是因為知道，才更是討厭他對弱者流露出類似憐憫的樣子。而且他的這種憐憫也好像用錯地方了。

我把焦躁的情緒投射在右手臂上，又丟了好幾鏢洩恨時，有一支飛鏢被鏢靶彈開，飛到了我的後方。我嘆了一口氣，轉過身想撿起它。我不經意地瞥向桌子，突然想起了一件事。

——鏢身的形狀很特殊的飛馬公司製造的飛鏢。是他喜歡的女人送的，他一定很珍惜那些飛鏢吧。

如果那些飛鏢弄丟了，他會有什麼反應呢？我想像了一下，雙脣得意地勾起一抹微笑。

我正坐在沙發上更換歪掉的鏢針時，青山從廁所回來了。

「不好意思，讓你久等了——咦？」

他似乎馬上就察覺到異狀了。我一邊把鏢針轉緊，一邊抬起頭。

「哦，你回來啦。我們接下來玩Cricket[3]吧。」

「請等一下，湊先生。你知道我的飛鏢跑到哪裡去了嗎？」

「飛鏢不就在那裡嗎？」

我用我手上的飛鏢前端指向他的飛鏢，青山便雙手各拿起一支飛鏢給我看。

「只剩下兩支，好像有一支不見了。」

我再次環顧桌面，看到了菜單、飲料、蠟燭、菸灰缸、放公鏢的筆筒，以及我自己用的飛鏢和鏢針。全部就這些了。

正如青山所言，他的另一支飛鏢不在桌上。

「好奇怪，我記得我是放在這裡的啊。」

青山臉色變得慘白，一下子拿起菜單翻來翻去，一下子又探頭檢查桌子底下。我忍住想大笑的衝動，對他說道：

「你去廁所之後，我就一直對著機器練習，所以沒注意到桌子上的飛鏢不見了，抱歉啦。」

「該不會是被偷了吧？印象中那個已經沒在製造了，應該滿貴的。」

「只有一支嗎？要偷的話一般來說都會三支全偷吧？」

「唔——這樣啊……啊，不過，只要有一支飛鏢就可以測試了吧？總之先拿來丟丟看，之後再偷偷還給我之類的。」

3　飛鏢玩法之一，以數字15～20及Bull為有效區域，玩家只要射中同一數字三次就能轉為我方陣地（射中兩倍次數算兩次，以此類推），之後再射中就能得分。射中敵方陣地雖然無法得分，但只要射中三次就可以將該區域封鎖，封鎖後的區域就不能再得分。所有區域被封鎖或玩完遊戲局數後，遊戲就算結束。

我頓時目瞪口呆。竟然覺得偷東西的人還有可能會歸還，這個男的到底有多爛好人啊？而且，拿已經很難買到的飛鏢來測試有什麼意義嗎？

我為了改變感覺愈來愈奇怪的對話走向，便若無其事地補充道：

「話雖如此，在你離開的時候，這間開放式包廂可沒有任何人進來喔。」

我這句話似乎奏效了。青山一瞬間露出像是被戳中痛處的表情，然後就皺起眉頭盯著我看。

「我可以懷疑湊先生你嗎？」

他看起來是想威嚇我，但一點也不可怕。只要把牙齒露出來，就算是小型犬也會稍微有點魄力吧。我抬起下巴說道：

「想怪到我頭上是吧？你有證據嗎？」

「你說你一直背對著桌子練習對吧？所以並沒有目擊到飛鏢不見了。換句話說，你應該連這間開放式包廂的門口的情況都沒看到才對。既然如此，為什麼你能保證沒有任何人進來這裡呢？」

這麼簡單的事情，看來他果然也想到了。不過，就連小學生也不會看漏如此明顯的矛盾吧。

「而且，湊先生也有這麼做的動機。」

「動機？」

「就是玩０１輸了想洩憤。這樣想的話，就能說明為什麼不見的飛鏢只有一支了。如果你的目的不是想偷走飛鏢，而是想造成我的困擾的話，就沒有必要把三支飛鏢都藏起來。」

我聽著青山的話，反而覺得心情很愉快。感覺像是看到他戴在臉上的好人面具一層一層地剝了下來。而且，他的情緒愈激動，就會離飛鏢的所在地愈遠吧。

我從沙發上站起來，把自己的包包丟給他。

「話先說在前頭，我連一根手指頭都沒有碰到你的飛鏢。不過，在這種狀況下，你會懷疑我也是正常的。不管是我帶來的東西還是我的身體都行，你可以檢查到滿意為止。」

青山好像對我的話有些不知所措，但他還是說了句「那我就不客氣了」，把手伸向了包包的拉鍊。

因為我只是來這裡玩飛鏢而已，所以東西並不多。包包裡只放了鑰匙包、錢包、飛鏢盒和擦手的小毛巾。青山仔細地檢查了那些東西，並沒有發現消失的飛鏢。

「這條毛巾是濕的耶，你是用來做什麼的呢？」

青山碰到小毛巾時，對我這麼問道。

「這是用來代替手帕的。我踏進店裡的時候去了一趟廁所。」

他點點頭，接著開始檢查我的身體。

我穿得很輕便，只有外套、T恤和牛仔褲，就算是隔著衣服也很快就檢查完了。青山把我全身上下包括球鞋裡面統統檢查一遍後，便低聲說了句對不起。

「看樣子好像也沒有藏在身上呢。」

「如果我藏在身上的話，就不太可能讓你檢查了吧。」

「請你別說得這麼直接好嗎？」

接著，青山便開始搜索這間開放式包廂。他查看桌子內側、把手指伸進沙發的縫隙間，甚至用手機的亮光去照飛鏢機底下。這裡的空間本來就不大，雖然只是一支飛鏢，能藏的地方也有限，青山似乎只花了不到五分鐘就確定他要找的東西不在這裡了。

「不行，哪裡都找不到……」

「怎麼辦？那是你很寶貝的飛鏢吧？你要放棄嗎？」

我把拿在手上的Merge的瓶口朝向他，開口問道。酒瓶內的液體隨之搖晃，無數的氣泡浮上水面後破裂。裡面的酒幾乎沒有減少，但我已經不想喝了。

「不，還有其他可能性。」

青山以仍舊充滿戒心的眼神看著我說道：

「如果東西不在這裡的話，就代表被拿到外面去了。換句話說，湊先生你把我的飛鏢藏在這間店的某處。」

我的嫌疑似乎還沒洗清。我默默地聆聽他的說明。

「根據剛才那句證詞，我可以確定是湊先生你把我的飛鏢藏了起來。如果你想偷我的飛鏢的話，應該會告訴我有人進入這間開放式包廂，把自己做的事情嫁禍到那個人身上，所以你的目的果然是想找我麻煩對吧？無論如何，只要你是犯人，我的飛鏢應該就還在這間店裡才對。因為店面是在地下室，也不可能把飛鏢丟到窗外。」

「你好像想得不夠周全喔。假如我拜託某個人把你的飛鏢帶出店外的話，你要怎麼辦呢？」

「這怎麼可能，如果你有個足以拜託對方擔任竊盜共犯的熟人在這裡的話，那當初也不用問我，只要跟那個人一起玩飛標不就好了嗎？而且，就我的觀察，店裡的店員在這段期間好像也沒有換過人。」

哦？是我的錯覺嗎？青山講話好像愈來愈有條理了。這代表那個飛鏢重要到他即使絞盡腦汁也要找回來嗎？

「總而言之，問題在於湊先生你有沒有離開這間開放式包廂。我去找證人問問看。」

青山一說完這句話就衝出開放式包廂，不到一分鐘就帶著一位店員回來了。他找的不是帶我們進來這裡的男性店員，而是曾在吧台跟我聊天的女性店員。

「我的飛鏢在我去廁所的時候少了一支。那是飛馬公司製造的六角形鏢身的飛鏢，鏢翼是紙做的。妳有看到嗎？」

青山一問，店員就歪了歪頭。

「嗯……我沒有看到耶。」

那名女性店員將茶色頭髮綁成一束後馬尾，圓領白色襯衫上靠近脖子的鈕扣沒扣，穿得很輕便。下半身則是黑色的褲子。大概是因為要應付陪客人交手的情況，才會選擇比較方便活動的衣服吧。

「那麼，妳有看到誰進來這裡又出去嗎？」

青山接著問道。原來如此，我們待的這間開放式包廂是位於吧台右前方的牆邊，所以如果她一直站在吧台內側的話，雖然開放式包廂內部無法看得一清二楚，卻等於是隨時都在看著門口。

「我覺得與其問我，不如問這位先生會比較實際喔。」

她面露疑惑地瞥了我一眼。在我回答前，青山先開口了：

「湊先生說沒有任何人進來這間包廂。」

「那應該就是真的沒有人進出吧，我也沒看到。」

「咦？」

青山驚愕地逼近店員追問道：

「妳確定嗎？所以像是湊先生從這裡走出去之類的妳也沒看到囉？」

「因為我正在工作，也不是無時無刻都盯著門口看……不過，至少我可以確定自己什麼也沒看到。如果湊先生在那附近走動的話，我想不管怎樣我都會發現的。」

「這樣啊……」

聽到店員的證詞，青山相當沮喪。我從後方把手放在他肩膀上，對他說道：

「這下子我的嫌疑應該洗清了吧？」

「但、但是，這樣子真的很奇怪啊。明明沒有任何人進出這裡，飛鏢怎麼可能憑空消失呢？要是門口對面有飛鏢機的話，還可以推測飛鏢是被丟出去了，但現實情況又不是這樣。」

聽他這麼一說，我便朝門口看了看。在視野範圍裡沒有任何鏢靶，只看得見喝了酒後大聲喧鬧的客人。對著他們丟飛鏢完全就是未經思考的魯莽行為。我又拍了一下他的肩膀。

「找不到的東西再執著也無濟於事吧。還是說你要去找你說的那個頭腦聰明、跟你很要好的女人訴苦看看？」

青山聽到之後猛然抬起了頭。

「那個女人不是對尋找怪事的真相很有一套嗎？要不要打電話問她看看啊？說你弄丟了一支飛鏢，希望她幫你想想飛鏢到哪去了。」

我一在青山耳邊低語，他漲紅了臉。

「那個、呃、我——」

他會被我激怒嗎？如果是這樣的話也挺有趣的，但青山似乎還沒失去理性。他用力轉身甩開我的手，並以像選手在宣誓的語氣說道：

「我去一下廁所！請兩位待在這裡不要離開！」

然後他穿過店員身旁，沿著吧台旁的狹窄通道走向廁所了。他在走到一半的時候從口袋裡拿出了手機。似乎是想聽從我的忠告打電話給那個女人才離開這間包廂的。

事情發展成這樣真是太令人愉快了。我低下頭壓抑著聲音笑了起來，不經意地往旁邊看，發現那名女性店員害怕地抱住自己的身體，正在偷看著我。我們的眼神一對上，她就不太自然地撇開視線，讓我很為難。這是一種讓人感覺到想確認事實卻又問不出口的躊躇的尷尬氣氛。

結果，我們在等待青山回來的期間一句話也沒交談。

經過將近十分鐘，青山終於回到這間開放式包廂。我從他足以踩響地板的有力步伐，和像是經過深思熟慮般的表情感覺到某種決心。

令人驚訝的是，他一穿過門口的布幕走進來，就抓起桌上的玻璃杯，一口飲盡了杯中的琴通寧。我和店員都對他的舉動目瞪口呆時，他把玻璃杯放在桌上，「呼」地吐出一大口氣後說道：

「我大概知道消失的飛鏢在哪裡了。」

他好像如我所料地打電話請求協助了。我抱著想見識見識他說很聰明的那個女人究竟多有智慧的心態在沙發上坐下，專心聆聽他要說的話。

青山隔著桌子站到了我的正對面。這很明顯地代表了要與我對決的意思。

「我剛才應該已經把這間能藏東西的地方並不多的開放式包廂的每個角落都找過了，卻沒有找到飛鏢。於是我就先思考了一下是否有飛鏢不是被藏起來，而是真的消失了、被銷毀的可能性。」

「飛鏢被銷毀？這怎麼可能。」

「是啊，如果只有鏢針的話，就算是把它吞下去也並非辦不到吧，但要讓鏢桿或鏢身消失，我只能做出不可能辦到的結論。不過，我也因此察覺到，飛鏢有另外一個部位是可以輕易銷毀的。」

他沒有提到的部位只剩下一個。青山拿起其中一支沒有不見的飛鏢，一邊把那個部位取下，一邊說道：

「那就是鏢翼。你們看到這個就知道了，我的飛鏢的鏢翼是紙製的。而這張桌子上有支點著火的蠟燭。只要把鏢翼燒掉，就只會剩下灰燼。而灰燼可以放進菸灰缸中藏起來。」

桌上的菸灰缸現在還是堆著許多菸蒂。我和青山都沒抽菸，所以應該是店員沒把前一個客人丟的菸蒂清掉吧。只要燒成灰，要把鏢翼跟菸灰混在一起就變得很容易了。

青山把失去鏢翼後的飛鏢像指揮棒一樣對著我，繼續說道：

「好了，這麼一來鏢翼就消失了。然後飛鏢就會像這樣變成一支細長的棒子，也可以藏在原本以為鏢翼會卡住而無法藏飛鏢的地方了。——對了，湊先生，我剛才把琴通寧喝完了，但你點的飲料卻一點也沒有減少耶。」

放在桌上的Merge自從喝到剩下九成後就沒有再動過。碳酸氣泡仍斷斷續續地浮上水面。

「因為味道不合我胃口啊。一開始還忍耐著喝了幾口，後來就放棄了。」

我聳了聳肩，但青山並未把我的理由當一回事。

「你其實是就算想喝也沒辦法喝吧。而理由當然不是因為討厭它的味道。」

接著，他拿起酒瓶，從側面檢視裡頭的液體。

「這種酒顏色非常深呢。店裡光線這麼昏暗，沒辦法隔著看到另一邊的東西。」

我自然而然地皺起眉頭。我指著Merge的酒瓶說道：

「你該不會是想說我把飛鏢塞到這裡面了吧？」

「雖然我沒有實驗過，不過要是把飛鏢放進這個酒瓶裡，我想一定會一下子冒出許多碳酸氣泡然後滿出來的。這麼說來，湊先生你的擦手巾是濕的呢。」

「我不是說那只是拿來代替手帕的嗎？如果你覺得我在騙人的話，讓你聞一下味道總行了吧？」

「我推測的是不是事實，只要這麼做應該就能明白了……」

他冷不防地在原本裝琴通寧的玻璃杯正上方把Merge的酒瓶倒了過來。倒進玻璃杯的Merge形成一層泡沫，但也很快地就開始消失。我還以為他一口氣把琴通寧喝光只是想替自己打氣，結果看樣子是為了做這個實驗。

「如果我剛才說的話是對的，那飛鏢就會沉在這底下。」

青山一邊用食指攪拌一邊說道。Merge被他攪得出現漩渦，還沒完全融化的冰塊發出喀啦喀啦的聲音。他重複攪拌了好幾次之後，就「唔——」地沉吟了一聲。

「……沒看到飛鏢耶。」

我傻眼到說不出話來。我是因為聽說那個女人很聰明才專心聽他說明的，結果他說出來的答案卻完全搞錯方向。我的確有偷竊的動機，也有在飛鏢上動手腳的機會。但是，就跟水會從高處往低處流一樣，斷定最可疑的人一定是犯人這一點，正好就是他頭腦簡單的證據。從這個結果也可以明顯看出一件事，那就是**我並沒有把青山的飛鏢藏起來**。

「不好意思，剛才懷疑你。」

青山很乾脆地向我低頭道歉，但我冷冷地說道：

「我一開始不就說了嗎？我連一根手指頭都沒有碰到你的飛鏢。」

「呃，我差不多該回去工作了。」

店員戰戰兢兢地問道，我便揮揮手想趕她走。她微微行了一禮後就轉身往後走，但是……

「不行喔，妳還不能離開。」

青山叫住了把手放在布幕上的她。

「我不是說了嗎？我已經知道飛鏢在哪裡了。」

「但是目前不是還沒找到客人的飛鏢嗎？」

一看就知道她非常地驚慌。青山一邊走向她身旁，一邊以冷靜的口氣說道：

「我從廁所回來的時候，推論出了兩個假設。其中一個就是剛才所說的，飛鏢被丟進了Merge的酒瓶裡。老實說，我一直覺得真相比較有可能是這樣。所以才會先確定這件事。不過，很可惜地，我猜錯了，酒瓶裡沒有飛鏢。」

接著，青山有如通過折返點的馬拉松選手般，繞到了呆站在門口的女店員背後。

「如此一來，只剩下一個假設。那就是沒有人進出這間開放式包廂的證詞根本不是事實。關於這一點，其實湊先生也有可能真的只是背對著門口射飛鏢，沒有注意到有人而已。但除了湊先生之外，其他人就算刻意違背事實，說出沒有人進出這裡的證詞，也得不到什麼好處吧？除非那個人自己就是進出過開放式包廂的人，所以想隱瞞事實——換句話說，作證的人就是犯人。」

隨後，青山以迅雷不及掩耳的動作指著女店員穿的褲子左邊的口袋說道：

「能請妳拿出鼓起來的口袋裡的東西嗎？」

女店員將顫抖的手指伸進口袋裡。她面無血色且沉默地聽從他的指示，看起來跟進行催眠實驗的對象一樣。

看到她緩緩遞出的東西，青山臉上浮現了滿意的笑容。

她的手裡正握著消失的飛鏢。

「——對不起！」

女店員一把飛鏢還給青山，就以幾乎要折斷脖子的氣勢深深地低下了頭。而青山則拍了拍她的上臂，要她抬起頭來。

「沒關係啦。妳是因為比賽快到了，所以被逼急了吧？」

「難道你知道她為什麼只偷了一支飛鏢嗎？」

我一這麼問，青山便低下頭對我點點頭。

「對不起，你們兩個人在吧台時，我在旁邊聽到了你們的對話。所以那時就算你突然跟我說話，我也有辦法回答。」

我那時的確是只問了他一句「你呢？」但他卻能正確掌握我所問的問題，並回答了「我沒有參加比賽」。

「店員小姐在你們的對話中提到自己換了新的飛鏢，所以擔心會拖累搭檔。聽到她這麼說會覺得很奇怪吧？因為只要使用原本用習慣的飛鏢不就好了嗎？但是，如果偷走我飛鏢的人就是她的話，那我的疑惑也能得到解答了。」

青山用手指夾住了他找回來的飛鏢的鏢身部位。

「她的飛鏢已經不能用了。也就是說，她有個飛鏢的鏢身壞了，而且沒辦法再買到一樣的。因為飛馬公司已經停止生產她所使用的六角形的鏢身了。」

鏢針和鏢翼就不用說了，飛鏢連鏢桿也是消耗品，但鏢身通常很少會壞掉。雖然經常會在射中鏢靶後被接著射出的飛鏢碰撞而磨損，但就算傷痕累累也沒問題，能夠一直使用下去。

不過，雖然很少見，鏢身還是有可能會壞掉的。舉例來說，如果刻在鏢身上、為了讓飛鏢更好抓握的溝槽斷掉的話，當然無法再繼續使用。

就算是熟練的老手，會為了預防鏢身壞掉而準備備用品的人也不多。頂多就是輪流使用數種飛鏢而已。像她就沒有預料到這種情況，等到壞掉後才來哀嘆停止生產也已經來不及了吧。更慘的是，她使用的還是特殊的六角形鏢身，會無法馬上適應好不容易買到的新飛鏢也是可想而知。

「她在這次的飛鏢比賽中報名了雙人組，而比賽的日子就快到了。使用新的飛鏢卻沒辦法投出她想要的好成績。如果只有自己一個人心不甘情不願地結束的話那也只能接受了，但拖累跟自己搭檔的伙伴應該很難忍受吧。正在煩惱的時候，竟偶然遇見了與她使用同一種飛鏢的玩家——那就是我。」

這麼說來，青山曾在吧台把飛馬牌的飛鏢打開來給我們看。雖然時間不長，店員也眼尖地看到了。

「陷入困境的她，眼前突然出現了能化解不安的東西。或許人在這種時候都會不小心採取自己也預想不到的行動吧。她策畫了如何拿走我一支飛鏢的辦法，並看準我去廁所的瞬間付諸實行。」

「但是，只偷走你一支飛鏢的話，無論如何都會引起騷動吧？事實上也的確是馬上就事跡敗露了不是嗎？她所做的事情是竊盜，是真正的犯罪喔。就算說是一時衝動，你不覺得做出這種事還是太莽撞了嗎？」

我說出了心中的疑惑。結果青山便面對著店員說道：

「我想……妳那支壞掉後做過緊急處理的飛鏢應該還在妳手上吧？」

她點點頭，證實了他的推測。

「我想說或許還能用，就把用黏著劑黏起來的鏢身放在吧台……我原本是想暫時拿走客人的飛鏢，趕快把鏢身交換之後再還回去的。因為我黏得很好，旁人是看不出來的，雖然重心不太對所以不能用了，但不是稍微有點經驗的人應該察覺不出來。」

鏢針的話就算了，鏢桿和鏢翼換掉的話無論是誰都會馬上發現。想拿走青山的鏢身，至少必須把他的鏢桿換到自己的鏢身上才行。

「我原本是想在開放式包廂的門口迅速地掉換的。只換鏢桿的話，動作熟練一點不用十秒鐘就完成了。湊先生連續投三支飛鏢的時候，我一邊在附近默默觀察，一邊趁著湊先生投出第一支飛鏢的時候穿過布幕，拿走了飛馬牌的飛鏢。本來湊先生在投完剩下兩鏢之前應該是不會回頭的……但是因為有支飛鏢被鏢靶彈開，湊先生便轉頭望向了我這邊。」

她說的沒錯，當時我正想撿起被彈開的飛鏢，轉身面向了後方。因為心煩意亂的關係，我投飛鏢的動作比平常還粗暴，才會發生這種事。

「我下意識逃離包廂，但心裡卻想著可能被看到了。而且我一出去沒多久，客人就從廁所走出來了。當時我才剛把鏢桿拆下來，來不及把飛鏢放回原位。雖然知道情況會變得很奇怪，但逃離現場是我當時唯一能做的事情。」

後來因為多次受到「不走運」阻擾，她決定放棄偷偷交換鏢身，把青山的飛鏢放在口袋裡，想找機會歸還。但是，沒想到因為青山找她來當證人，使她的處境出現了大轉變。

「我認為湊先生看到了我抽走飛鏢的情景，但並沒有百分之百的把握。所以我想先確定湊先生對這件事會說出怎樣的證詞。結果我聽到湊先生說，他沒看到任何人進來這間包廂。」

——我覺得與其問我，不如問這位先生會比較實際喔。

原來她是想用這句話巧妙地套出我的證詞嗎？

「只是單純沒有看到呢……還是因為我們原本就認識，所以看到之後決定掩護我？我無法判斷是哪一種情況。我當然想主張我看到有人走進這裡，但如果湊先生是在掩護我的話，要是我說的話跟他有出入，他應該會馬上改變證詞，說出真正的情況吧。我別無選擇，只能配合湊先生的話。」

我想起了青山離開開放式包廂時她欲言又止的態度。當時她應該非常想問我才對——問我有沒有看到自己把青山的飛鏢拿走。

但是，如果我真的沒有看到的話，她問這件事就等於在自掘墳墓。要是處理得不好，甚至可能會驚動警察。所以她沒辦法問我，也沒辦法歸還飛鏢。

大概是以為只要老實地說出真相就會獲得原諒，女店員把事情全說出來之後，和青山一起看向我。我把背往後靠在沙發的椅背上，回答他們沉默的詢問。

「我什麼也沒看到。只不過是個一起玩過一次飛鏢的店員，我還沒有好心到去祖護她。我以為沒有任何人進入這間開放式包廂也是真的。大概是因為她逃得太快，所以我連她的氣息都沒有感覺到吧。」

「這樣啊……算了，無論如何，這下子事情也告一段落了。」

因為身為受害者的青山如此豁達地說道，我不禁懷疑自己聽錯了。

「你該不會想就這樣子放她走吧？就算你覺得沒有必要報警，但遇到這種情況，一般來說都會告訴店家，再不然至少也會叫對方不收飲料錢之類的吧？」

結果他竟一邊寶貝地摸著失而復得的飛鏢，一邊說道：

「沒關係啦。只要能找回這支飛鏢，我就已經心滿意足了。」

店員大概會覺得自己像是在地獄遇到了佛祖吧。她朝青山伸出微微彎起的雙臂，以卑微的態度問道：

「那、那麼……」

「妳走吧，今天就當作是饒妳一次。不可以再做這種事情了喔。」

「——謝謝您！」

她把雙手交疊放在身前，又以像是要折斷脖子似的速度鞠躬道謝。接著就快步走出開放式包廂，然後在布幕外轉身面對青山，雙手合十地拜了一下。她好像在經過剛才那段簡短對話後就把青山當成真正的佛祖，已經完全變成他的信徒了。

我頓時覺得相當疲倦，便轉了轉脖子。青山依舊盯著飛鏢，臉上掛著得意的淺笑。

「你真是個大笨蛋耶。」

我很不客氣地罵道，就算是他也好像覺得有些不高興了。

「又不會怎麼樣，我都已經說要原諒她了。而且……」

青山突然把飛鏢的前端對準了我。

「你說我是笨蛋，但我其實都知道喔。包括湊先生你**看到她偷飛鏢，卻裝作沒看到的事情**。」

因為完全被他說中，我甚至忘了要找藉口欺騙他。

「你發現了嗎？」

「你明明背對著門口，卻說出沒有任何人進來這間開放式包廂的證詞，真的很不自然。正如她所擔心的，你的確目擊了她偷走飛鏢的情景，因此說了假的證詞。這還不是為了掩護她而說的謊。」

沒錯，如果我想掩護那個女人的話，就會說出「我看到不認識的客人走了進來」的證詞吧。

「她也因此被你的謊言耍得團團轉……那麼，湊先生你為什麼要說這種謊話呢？答案是因為你希望我會在這個謊言的引導下採取某個行動。」

青山豎起沒拿東西的手的拇指和小指放在耳邊，做出了老套的手勢。

「你是想讓我透過電話把飛鏢不見了的事情直接告訴送我飛鏢的人對吧？」

——看到女店員拿走飛鏢時，浮現在我腦海的念頭。

如果只是飛鏢被偷了，犯人不可能一直待在店裡，青山最後還是只能放棄。但如果飛鏢是在不可能消失的情況下不見，而且還只少了一支，那他會怎麼做呢？

那是他喜歡的女人送他的寶貝飛鏢。他不可能在不知道飛鏢是怎麼消失的情況輕易放棄。只要還有些許希望，他都會先試著自己想辦法把飛鏢找出來吧。但如果這麼做還是找不到呢？

他一定會向人尋求意見。向那個遇到不可思議的事情時馬上就能找到答案，和他互有好感的聰明女人。

這個女人同時也是送他飛鏢的人。沒有人聽到自己送的東西被弄丟之後還會覺得高興的。至少也會質疑對方為什麼沒有保管好才對。這樣一來，兩人的關係就會出現裂痕，他說不定也會錯失在她面前展現飛鏢技巧的機會。

青山因為令我輕蔑的理由而開始玩飛鏢，卻在玩01時湊巧贏過我，便得意忘形地妄想在那個女人面前耍帥的情景。如果可以藉由打電話給那個女人來潑他一桶冷水就好了。這種不懷好意的心態，使我說出了假的證詞。

我自認為就算店員的罪行曝光也能找到藉口全身而退。沒想到他竟然全都看穿了。我站起來，把雙手插進口袋裡說道：

「你把這件事也告訴那個女人了嗎？」

「咦？」

「看來那個女人的聰明程度超出了我的預期呢。不過，告訴你一件事，我的目的其實早就達成了。不管你現在知不知道我真正的意圖都無所謂了。在你打電話給那個女人的時候，我就已經贏了。」

但是，青山卻不好意思地搔著頭，一邊說出了我意想不到的話。

「哎呀，真傷腦筋，其實我最後並沒有打電話給她喔。」

我無意間驚訝地張大了嘴巴。在這段甚至漫長到足以讓我覺得口渴的時間裡，我一句話都說不出來。

「……少騙人了，不止是知道飛鏢究竟被誰拿走，你還完全看穿了事情的來龍去脈不是嗎？如果不是那個女人告訴你，那你究竟是怎麼知道的？」

我忍不住探出身子，滔滔不絕地質問起來。青山嚇了一跳。

「怎麼知道的，當然是自己想的啊。我不是去廁所去了很久嗎？就是趁去廁所的時候拚命想出來的啊。」

「沒錯，廁所，你去廁所的時候不是把手機拿出來了嗎？」

「老實說，我一開始的確如你所說的想打電話給她。但是，我無論如何都沒辦法按下通話鍵。」

「為什麼啊？為了要拿回你寶貝的飛鏢，你應該沒有心思選擇要用什麼手段吧？你為什麼沒有拜託那個女人幫忙呢？」

聽到我的話，青山又看向飛鏢，突然露出了微笑。

直到這時，我才終於領悟到，自己打從一開始就沒有一項是贏過他的，無論是飛鏢、智慧或是試圖挑戰他與那個女人的關係。

「這當然是因為，『我不小心把妳給我的寶貝飛鏢弄丟了』——這種話我哪說得出口嘛。」

可視化的原生藝術

a

色彩繽紛的人體，裸露的性器官。

或是彷彿擁有生命般舞動的無數線條、圓圈與文字。

或是細緻精密重現了交通工具和街景的老電影海報。

在美術館一間只打著單調燈光、甚至感覺不到想營造展示會場氣氛意圖的房間裡，我的內心充滿了震撼。欣賞名留青史的畫家的作品時都不一定會覺得感動了，但目前陳列在我眼前的這幾幅「作品」，若從不同角度來看甚至會覺得它們只是塗鴉或消遣下的產物，卻全都在我心中留下深刻印象，並發出彷彿能讓皮膚底下的體內深處也發抖似的叫喊。

只有沒受過藝術訓練的人才能孕育的未經琢磨的藝術。完全不懂得取巧的表現技術，卻還是無法克制表現欲望的人們以靈魂傳達訴求——這就是原生藝術。

當我正目不轉睛地凝視著填滿畫紙的、一大群以原子筆描繪的小人時，那種感覺突然造訪了我。就跟水倒進玻璃杯一樣，雙眼看到的世界逐漸模糊，失去輪廓。藝術變成這個生命唯一關注的事情，支配了意識，看不見除此之外的東西。

——我聽見了聲音、向我詢問的聲音。

「妳看得見在妳心中的藝術嗎？」

r

「喂——凜！」

我聽到村治透的聲音，便在已經過了盛開期的櫻花樹旁停下來，轉頭看向後方。

明明已經快進入四月下旬，東京卻冷得好像冬天又回來了。我穿著收進壁櫥兩週後又拿出來的大衣，兩手插進口袋，走向我經常去上課的美術大學的校園時，總覺得今天連各處景觀樹上的嫩葉看起來都有些暗沉，沒那麼翠綠。

在當天課程全部結束的黃昏時刻，我正打算前往畫室。學校在校內替各科系分別設置了專用房間，讓學生自由使用以滿足製作作業等需求，我就讀的油畫系將它稱為畫室。

「你不要那麼大聲好不好，很丟臉耶。」

即使我責備朝我跑過來的村治，他還是毫不退縮地對我露出笑容。

「妳現在要去畫室對吧？我想跟妳一起去。」

他留著染成茶色的短髮，身穿米色雙排扣大衣再搭配花呢格紋圍巾，像極了隨處可見的大學生，乍看之下感覺不出是個想成為藝術家的人。但他其實跟我一樣都是這間大學油畫系的學生——也是我的前男友。

光陰似箭，自從我離開老家神戶進入位於東京的這所美術大學就讀，已經整整兩年了。印象中變成我同學的村治幾乎是一入學就主動靠近我，原本是因為他說希望能跟我交往，我才滿足他的希望的，結果交往一年後反而是他主動提議分手。後來我們基於種種因素和好了，但他明明沒有要求復合，卻像是到現在還把我當成女朋友似地一直在我身邊打轉。

「對了，妳差不多該決定要畫什麼了吧？」

當我們一並肩，村治便這麼問道。他指的是本校所有油畫系學生都要參加的校內比賽。因為會邀請校外人士擔任評審，在業界算是有些影響力的比賽，入選的話，作品不止會在校內展示一整年，也能成為在業界打響名號的契機，是一項會大大影響成績和將來發展的重要活動。

「不，我還在煩惱。」

我一搖頭，村治便露出明顯不悅的表情。

「喂喂，快點決定啦，要是來不及了我可不管妳喔。」

距離下個月中的截止日剩下不到一個月了。尺寸和畫風會影響作畫時間，但就算如此，一個月的期限也絕對不算充裕，若考慮到必須一邊兼顧平常的學生生活一邊作畫，那正如村治所言，情況甚至能用刻不容緩來形容。實際上我也聽說有學生早已畫好數幅比賽用的作品。而我在這種時候卻連要畫什麼都還沒決定。

我並不是不焦急。因此我不自覺地把這件事造成的焦慮情緒發洩在一旁的村治身上。

「我昨天不是說過了嗎？因為你的關係，我現在更煩惱了。」

「妳不要用這麼冷淡的眼神看我嘛。」

村治聳了聳肩。現在的情況就算他說我冷淡我也無從辯駁，但我其實覺得自己的眼神跟平常沒兩樣。連我心情好的時候都經常有人以為我在生氣，因而被嚇到，我的表情似乎不太討人喜歡。

我們兩人無精打采地走著，兩名女學生一邊發出笑聲、一邊踩著輕盈的腳步超越我們。村治以目光追著她們的背影，嘆了一口氣。

「看來凜妳的低潮情況挺嚴重的呢。」

我想起了去年夏天因我的私事而引起的某件騷動。現在想起來連我自己也覺得很傻眼，竟然做了這種蠢事，但就結果來說，周遭的環境也因此獲得了相當大的改善。不僅和之前一直處不好的母親變得關係融洽，家裡也願意提供我生活費了，可以不用再像之前那樣為了生活而不得不排滿打工，既然如此，照理來說我應該能夠完全專注於美術大學學生應盡的本分，也就是創作活動才對。

但是，不知道為什麼，從那時開始，我就完全畫不出能讓自己滿意的作品。從年幼時就一直跟隨著我，如炭火般持續燃燒的、「忍不住想畫畫」的衝動和本能，簡直就像完全碳化一樣毫無動靜。

只看技術面的話，我有自信不會輸給任何一名學生，事實上在那之後我的成績也一直都很好。只是每次在製作要交出去打成績的作業時，那種好像為了應付眼前功課而以取巧的方式作畫的感覺總是揮之不去，但如果問我是不是有其他想畫的東西，我又回答不出個所以然。

當初我不顧母親反對硬是進入美術大學就讀，能毫無顧慮地沉浸在藝術中讓我快樂得不得了，也因此才能忍受苦哈哈的生活，拚命地擠出時間和金錢，認真地創作作品。當時的我不知道跑去哪裡，都超過半年了還不肯回來。這種焦慮感最後終於到達極限，我連以不上不下的心態準備比賽作品的動力都沒有，什麼也不畫，束手旁觀的日子一天天過去。

「低潮喔……說不定只是江郎才盡了。」

走進畫室所在的五號館時，我不禁吐出了自我厭惡的話。村治應該不至於沒聽見，但他卻不知道是想回答、還是想無視我的話似地說：

「不過我覺得和我這種人比起來，凜已經算是很有才華了耶。該說是有種藝術家氣質嗎……不，也有可能是因為這樣才會如此煩惱吧。」

我變成這樣子之後，村治便暫時放下自己的事情，為了讓我找回熱情而反覆進行類似治療的測試。我很感謝他，也對自己無法回應他感到抱歉。但很可惜的，目前他嘗試的方法都沒有奏效的跡象，最近我甚至會忍不住想，乾脆讓他放棄我，這樣就不會覺得心痛了。

「別把我說得這麼好，而且，村治你自己也畫得很不錯啊。」

因為討厭被同情，我說了毫無意義的話。村治的臉上卻浮現了顯而易見的失望。因為曾經是情侶關係，在某些情況下他比我自己更明白滿田凜是個什麼樣的人。他不僅知道我對他的畫有什麼評價，也知道我絕對不會在談論藝術的時候說出討好人的客套話。現在的我卻說出了違心之言，他認為我好像真的變得不太對勁了，才會顯得相當失望。

扶著扶手爬上樓梯時，我們之間瀰漫著不自在的沉默。我們抵達位於二樓的畫室，打開門後，已經有數名學生在裡面，正在繪製應該是要用來參加比賽的油畫。他們看都不看剛踏進畫室的我們，以前我會覺得那是比附近林立的大樓更無法打動我的情景，但現在卻感覺他們是在展現我沒有的東西，讓我相當痛苦。

我忍住想逃走的心情，只挑選沒有陽光的陰影處行走，穿過畫架和椅子之間的空隙，走向放在畫室最深處的櫃子。佔滿整片牆壁的木櫃跟置物櫃很像，讓學生可以暫時存放畫具等物品，一格櫃子的尺寸差不多比一般的投幣置物櫃還要大上一圈。不過，以有近百年歷史自豪的本科系，建築物和設備都逐漸老舊損壞，這間畫室當然也不例外，櫃子各處都有些小毛病，顯得有些淒涼。就連因為沒有人抱怨，我得以一直佔用的、靠近正中央的櫃子也有一樣的情況，和上面櫃子相連的木板上破了個一百圓硬幣大小的洞。

聽說以前連櫃子的門都沒辦法上鎖，但因為放在裡面的畫具老是被偷，而畫具對學生來說是無法刪減的經濟負擔，所以現在上面設置了可以用南京鎖上鎖的金屬零件。我使用繫在手機上代替吊飾的鑰匙打開南京鎖，從櫃子裡取出素描本，不肯死心地翻開那張已經不知道看過幾百次的素描。

緊接著，我發出了短促的尖叫聲。

「咦？」

原本好像連我的存在都沒注意到的學生們不約而同地看向我。村治顯得有些慌張，靠到我身旁說道：

「妳不要那麼大聲好不好，這樣很丟臉耶。」

「哪有可能因為這樣就害你丟臉啊……別說了，快看這個。有人在我的素描上塗鴉。」

我把素描本遞給村治，他明明沒有近視，卻猛然把臉湊近素描本，看了一下子後就恢復原本的姿勢，一邊審視櫃子、一邊說道：

「可是，昨天妳鎖上櫃子的時候上面還沒有塗鴉吧？從那時到現在的這段期間，能打開這個櫃子的就只有手上有鑰匙的妳不是嗎？」

聽他這麼一說，我終於察覺到櫃子鎖上之後，除了我之外的人的確連碰都碰不到這本素描本，更不可能在上面塗鴉或做其他事情。

「不過，既然如此，為什麼素描上會出現這種塗鴉呢？」

我看著在素描本上這幅毫無疑問是我所畫的溪流風景素描裡奔放遊走的塗鴉——如原生藝術般用原子筆畫的許多小人，完全不知道是怎麼一回事。

t

這是發現「小人」前一天的傍晚發生的事。

我在畫室裡把素描本攤開放在畫架上，坐在跟木箱一樣的椅子上與自己的素描面對面。

我曾經畫了一幅風景畫素描想用來參加比賽。為了決定主題煩惱很久，最後因為挑學校附近的景點的話還可以重畫，感覺沒辦法認真，特地跑到了奧多摩。之所以選擇有流水的風景，只是因為覺得水流動的瞬間很美，但現在回想起來，或許我當時也在期待它能成為一個契機，讓我體內流出什麼眼睛看不到的東西吧。

籠罩在一片春意中的河灘空氣清新又宜人，我在沒遇到任何煩惱的情況下結束了素描。因為對結果相當滿意，在搖搖晃晃的回程電車上想到如此一來應該就能專心製作比賽要用的作品，心情稍微輕鬆了一點。暌違許久的創作手感讓我鬆一口氣，滿腦子都想著之後要按照素描的構圖把油畫畫好。

結果，隔天到了大學，我一打開素描本，卻發現作畫時覺得手感很好的素描，怎麼看都只是一幅完全無法打動人心的老套風景畫。我已經搞不懂付出了昂貴代價學習專業知識，至少人生中有一段時期奉獻給油畫的自己所畫的作品，和只是因為興趣或打發時間才寫生的人畫出來的東西有什麼差別了。

我自己也知道這樣子很不妙。曾經覺得很滿意的作品，隔天再看就顯得黯然失色，這種事情從來沒發生過。這是不可能的，我的確畫了一幅很棒的素描，我如此說服自己，仔細端詳著素描本，試著改善構圖，卻完全無法產生共鳴。話雖如此，因為我記得自己曾經稍微覺得這張素描畫得很好，想要信賴那種感覺，又擔心要是現在鬆手的話，那種感覺就再也回不來了，所以也沒有心情畫新的畫——就這樣，我已經把素描放在面前，反覆地直視它或撇開視線超過一個星期了，今天也一樣，只有空虛的時間不斷流逝。

「妳在幹麼啊，凜？眉頭的皺紋這麼深。」

當我正在發呆時，村治呼喚了我。我進入畫室時他應該還沒到，看樣子是趁我沒察覺時走進來，然後就一直站在我旁邊。

「我完全沒辦法做決定，要參加比賽的圖究竟該畫什麼好呢？」

因為村治有事沒事就會問我作畫的情況怎麼樣，不是只限於這場比賽而已，所以我把這次遇到的迷惘也全都向他坦白了。他好像對我過這麼久還是沒進展的樣子很著急，開口催促我：

「妳一直這樣跟素描大眼瞪小眼也沒用啊。這又不是說一句『因為畫不出來所以不畫』就可以解決的事情。」

被村治說教讓我有點不爽，但他說的完全沒錯。沒有靈感的時候不管怎麼努力都生不出任何東西，我想這就是所謂的創作活動。但是，如果想走這條路的話，如果不想停留在只為了自我滿足，而是為了追求別人的評價，或是被證明有價值才創造作品的話，至少要做到能回應對方的需求，或是具備在期限內完成作品的能力，這是毋庸置疑的。具備這些能力又能靠畫畫為生的人真的是鳳毛麟角——更別說是只靠自己的本能就可以獲得滿意的評價或回報的人了，我甚至懷疑這種人是不是真的存在於世上。

換句話說，連比賽的期限都無法遵守的人終究是不適合這條路的。我很清楚。但是，被村治說中最大的痛處，讓我已經無法再克制醜惡的情感湧上心頭了。我裝出根本沒有壓抑情緒的樣子，告訴了村治非常殘酷的事情。

「其實我之前一度已經快決定好了，打算還是用這張素描去發揮。」

「那就照妳的想法去做不就好了嗎？我覺得這張不錯啊。」

「可是我辦不到。自從去了原生藝術展之後，我就開始覺得這種素描怎麼樣都無法畫出我要的感覺。」

說真的，村治這個男人實在很單純。只要看他的臉就能輕易得知他的想法，要誘導他的情緒易如反掌。當時他的表情也像顏料掉在調色盤上一樣，完全反應了我的惡意。

「怎麼會這樣……我是基於好意才跟妳說有原生藝術展的耶。」

看到村治的眉毛垂成八字形，我立刻就後悔自己說了讓他難過的話。但我和村治相反，不會把情緒表現在態度上。我沒辦法老實地道歉，也沒辦法撤回前言，只能默默地聽他說著有點像藉口的話。

「我只是想說或許能讓妳轉換一下情緒才跟妳講的，就是接收一點刺激的意思。

因為我知道凜妳在基本技巧等方面總是一絲不苟，也很重視這些，所以才覺得妳的基本概念應該不會因為看了那種類型的藝術就被動搖。」

我之所以在數天前去看東京都內的美術館舉辦的原生藝術展，是因為村治先去看過後好像很感動，不停地跟我說「凜也去看一下比較好喔」的關係。老實說，就連他跟我說那句話的時候，我還是對這場展覽沒什麼興趣。不對，如果時間稍微錯開的話，就算看到了同樣的東西，也只會掠過我心頭而已，不會帶給我那麼大的衝擊吧。

原生藝術（Art Brut）是法國畫家尚・杜布菲在一九四五年左右提倡的概念，原本指的是沒有學習過藝術的人所創作的藝術。也有人狹義地用它來稱呼智能障礙者或精神病患所創作的藝術作品，但這可以說是錯誤的用法，區別原生藝術的方法純粹是以有沒有接受過訓練為依據。因此，只要是沒受過藝術教育的人，全都懷有創造出原生藝術的可能性，以實際情況來說，在原生藝術展上展示的作品，就有好幾幅可能是身心健康的人所創作的。這個字翻譯成英文後是「Outsider Art」，但我還是比較喜歡用含有「未經琢磨的藝術」的意思的Art Brut來稱呼。

因為比賽的關係而心生迷惘是事實，我最後還是聽村治的話去看原生藝術展。結果看完之後我更加迷惘了。既然已經接受過完整的教育，我就不可能創作出原生藝術，但是我在到達活用知識和技術「作畫」的階段的更早更早之前所感受到的名為源頭的渴望，應該和原生藝術的藝術家沒有任何差別才對。現在的我究竟有沒有這種渴望呢？——不管我在體內怎麼尋找，都完全看不到這種渴望。

村治慌張地解釋一陣子之後就閉上嘴巴，我也覺得無法再繼續待下去，從椅子上站了起來。村治問我要去哪裡，我看也不看地回答：

「我去散步啦。只是想散散心，待會就回來。」

我才想問你呢，你可以專心畫你自己的作品嗎？但我終究沒把這句話說出口。

我離開畫室，走下樓梯，離開了五號館。雕刻系的工作室在旁邊的四號館裡。從窗外望向室內，可以看見男學生額頭上掛著汗珠，正在把石頭刻成人像。三號館則是有一群影像系的學生正一邊用大螢幕播放動畫影片，一邊進行編輯作業。會學習舞台效果等技巧的空間設計系的專用房間也在三號館，低矮的舞台表面籠罩著一片白霧，跟正式的舞台沒兩樣。

本校所有的科系錄取率都在百分之二十左右，絕對不是抱負較低的人能輕易通過的門檻。即使通過包含術科在內的嚴苛考試的學生程度有所不同，但在剛入學的時候應該全都夢想著能成為廣義上的藝術家，靠自己的才能謀生才對。

但是這些學生大多在畢業後選擇與自己學習的東西沒什麼關係的職業，也逐漸不再從事符合藝術定義的活動。像是發現自己缺乏才能、被無法以此為生的現實打垮，或是找到了完全不同的目標等等，各式各樣的放棄理由都有，並未走上這無數的岔路，最後仍舊成為大家眼中的藝術家的人，在一個學年的一千名學生中究竟有幾人呢？如果是念設計或影像也就算了，油畫是在職場上最沒有機會發揮所學的科系之一，在這種現況下，我甚至懷疑自己除了成為美術老師之外還能做什麼。

我已經大學三年級了。不得不決定畢業後出路的時期就快來臨，我也知道有很多同學已經帶著公事包在努力參加就職活動了。我不能在這種時候因為區區學校內的比賽就停滯不前。

我遠離學生工作室所在的建築物，整整走了一小時，當我回到畫室時，太陽已經快下山了。村治正在與他已經完成約七成的油畫奮鬥，但我一拿起一直攤開來放著的素描本，他便開口問我是不是要回去了。

「嗯，今天已經沒有心情決定任何事了。」

「那我們一起回家吧。我今天要做的事情也告一段落了。」

村治不等我回答，自顧自收拾起畫布和畫具。我不知道他是想安慰我、鼓勵我還是想陪伴我，無論是哪一種我都不想接受，卻又無法拒絕。

我打開平常使用的南京鎖，把素描本收進櫃子時，突然感覺到一股寒意。我看向窗外，一邊低聲說道：

「外面天氣變得好冷喔。」

「我聽天氣預報說，從今晚到明天會跟寒冬一樣冷。」

村治這麼回答，把東西收進我的櫃子往上數一格的櫃子裡。我們兩人將櫃子用南京鎖鎖上，並肩走出畫室時，留下來的學生都毫不客氣地看向我們，令人難以忍受。想也知道，我們在回家途中都沒聊天，走在鋪了柏油的路面上的我們簡直就像一對被迎面而來的寒風吹到連感情都冷卻了的情侶。

——總之，我回到畫室的時候，素描本正好就是攤開在那幅出問題的素描上，所以我不可能沒發現有塗鴉。而且我的櫃子也確實用南京鎖鎖著。因為櫃子很老舊，構造也比較特殊，沒辦法輕易地拆解後又組裝回去。此外，由於我把素描本放回櫃子時是自己解開南京鎖的，應該也無法使用把南京鎖整個換掉的手法。

既然如此，為什麼我的素描上會出現小人呢？

b

「——所以妳是希望我姊姊幫妳解開這個謎囉？」

隔著電話傳來的切間美空的聲音一如往常地開朗，實在很難想像她會接受我提出的麻煩要求。

美空學姊是我和村治參加的輕音樂社團的學姊。我們其實就讀不同大學，她現在是一般大學的研究所學生。換句話說，我們參加的社團是由好幾所大學的學生組成的，我一上大學就加入了，卻不太與人互動，但不知道為什麼，美空學姊一直很照顧我。我缺錢的時候她請我吃過好幾次飯，也陪我商量和村治相處的問題。她既溫柔又總是積極樂觀，是我非常喜歡的學姊。

「是的，拜託妳了。我想，如果是妳姊姊的話，或許馬上就能找出真相了。」

晚上，我自己在家裡盤腿坐在扁平的枕頭上跟美空學姊講電話。那本素描本則攤開來放在旁邊的矮桌上。我傍晚發現的小人現在還是聚在溪流周圍玩耍。反正這只是塗鴉，我也不是很氣自己的素描被毀。反倒因為這張素描不能用了而感覺心情比較舒坦。不過，找不到他們出現的理由還是讓我覺得有些詭異。

「原來如此。因為我姊姊在各方面**都幫得上忙**嘛。」

聽到美空學姊帶有嘲諷的語氣，我明明知道對方看不見，卻還是慌張地左右搖搖頭。

「呃，我不是那個意思……」

「哈哈哈，沒關係、沒關係。經歷過那種事情後，會覺得我姊姊說不定有千里眼也是很正常的嘛。姊姊一定會很樂意協助妳的。」

去年夏天因我的私事而引起的騷動。因為和母親處不好，又與村治分手，我便自己一個人跑到別的地方躲了起來。當時美空學姊和村治找到了我，所以事情沒鬧大，但後來看出隱藏在其中的內情，讓整件事完美收場的不是別人，正是美空學姊的姊姊。根據美空學姊所言，她姊姊的頭腦似乎非常優秀聰明。

所以當我萌生想知道小人出現的真相的念頭時，最先浮現在我腦海裡的就是美空學姊的姊姊。然後，我覺得既然都要問了，那還是愈快執行愈好，所以事情發生的當天我就打電話給美空學姊了。

「凜妳自己對這件事沒有任何想法嗎……那個，像是有什麼頭緒之類的。」

美空學姊問道。她的口氣之所以聽起來欲言又止，大概是因為猜測留下塗鴉的人對我有惡意吧。她這麼擔心我讓我很不好意思，但除了村治之外，我在學校裡並沒有認識和我交情深到會怨恨我的人，所以一點頭緒都沒有。

「雖然自己說這種話不太好……但村治說或許是沉睡在我體內的藝術天分無意間覺醒了。換句話說，我有可能是下意識畫出那些東西的。」

乍聽之下會覺得這是很突兀的想法，但既然能打開櫃子的人只有我，村治會做出這種推論也在所難免。不過，美空學姊立刻否定了這個想法。

「村治這個沒用的傢伙，又在胡說八道了。」

我苦笑起來。美空學姊雖然很疼我，卻把村治視為眼中釘。不過，我自己是把這種態度解釋成只是表面上如此，或者說是一種交流方式，跟母親對青春期的兒子發牢騷差不多。

「唉，算了。我會幫妳問問，如果有什麼發現再聯絡妳。」

「謝謝妳。」

「最近我也有各種事情要忙，或許時間會拖比較久，妳就耐心地等吧。」

美空學姊一說完，就打了個隔著電話都聽得見的大呵欠。一問之下她說她已經邁入研究所學生生活的最後一年，現在每天都相當忙碌。或許身體是很疲倦，但精神方面反而過得非常充實，我從她的語氣深深感受到了這一點。

我突然想問她一件事。

「美空學姊，妳有打算把目前在研究所學的東西活用在將來從事的工作上嗎？」

結果美空學姊感覺得出來是在慎重思考似地停頓一下，答道：

「這個嘛，畢竟我是因此才去念研究所的啊。」

她好像想在畢業後考取證照，從事心理輔導的工作。雖然不是第一次聽到這件事，但卻一直被我的意識忽略。原來如此，和我的情況不同，就活用所學的意思來說，這或許是個很好懂的案例。

美空學姊連我問這種問題的理由都精準地看穿了，所以接下來也不忘開口補充：

「不過，也不是所有的人都是這樣的喔。念到研究所，工作卻選擇與主修學科毫無關聯的人很常見，一點也不稀奇。所謂的『學以致用』也不是叫人只執著於學習到的知識和技術吧？」

執著。我是在執著於自己學到的東西嗎？

「像是以對某個領域的了解為契機拓展自己的視野，或是在學習中得知自己的能力和特質，不都算是活用的一種嗎？甚至連在新領域累積的經驗反而讓自己所學的東西運用得更熟練的情況也有可能發生啊。」

美空學姊說的話是對的。我的腦袋明明這麼想，內心卻無法輕易認同。我感覺得出來她是打從心底在替我打氣，但現在的我卻無論如何都覺得這些話聽起來只是一時的安慰。

我跟她說抱歉一直給她添麻煩，然後就掛斷了電話。

我還在介意村治所說的話。我在原生藝術展看到的小人和素描上出現的小人很類似，我不覺得這只是單純的偶然。雖然沒有記憶，但如果那是自己畫的，就能夠解釋兩者的相似與櫃子的南京鎖的問題，在今天傍晚之前也有很多機會可以付諸行動。而且，我回想起那種周遭世界的輪廓變得模糊的感覺後，開始覺得要是那種情況愈來愈嚴重的話，說不定連記憶缺失都有可能發生。

我把攤開的素描本放在自己家裡也有的畫架上，在用來代替椅子的紙箱上坐下，定睛凝視著素描上的小人，結果我周遭的環境開始模糊，除了放在正前方的素描之外什麼都看不見。我是想在自己心中再次孕育出那些小人嗎？

我又聽到那個詢問聲了。

「妳看得見妳的藝術了嗎？」

——我的藝術？這些仿畫的小人嗎？又不是只要像這樣望著他們，藝術就會自動誕生。

我的視野瞬間恢復清晰，那種感覺也消失了。什麼也孕育不出來，讓我對自己相當不耐，便粗暴地將畫架連同素描本推倒了。

r

打從懂事起，我就很喜歡繪畫。

無論是單純欣賞還是動手畫都讓我相當著迷，我站在畫前時，周遭的世界經常會變得模糊，從我的意識中消失。好幾次因為這樣而倒大楣，我甚至曾經買了畫冊之後沒辦法忍到回家再看，邊走邊欣賞，結果被汽車的喇叭聲嚇到，摔進路旁的水溝裡。也會因為以同一個姿勢長時間作畫太久，導致膝蓋上出現瘀痕。明明自己事後都會後悔，但只要一思考起有關繪畫的事情，最後還是會把其他事情拋在腦後，重複犯下類似的錯誤。

母親似乎不太喜歡我這種危險的嗜好。每次我又做了什麼好事時，母親都會這麼說——妳這樣子身上老是有新的傷，不是會讓人覺得我好像總是在責打妳嗎？

因此一度和父母有些爭執，但當實現心願進入美術大學就讀時，我真的很開心。能夠以身為美術大學學生這個正當理由，每天都只想著自己喜歡的繪畫。至少在四年間我保證可以過這種生活。我只要一想像、一體會到這點，身體就因為喜悅而顫抖。

在兩年前的四月，開學典禮的那一天。油畫系的學生按照名字順序分為三個班級，我是C班。那天晚上，在同樣是C班的二年級學長姊安排下，舉辦了讓新生們彼此更熟悉的班級交流會，因為有大約八成的學生出席，我也參加了。我不擅長融入團體，但也沒有孤僻到會刻意疏遠其他人。在續攤去卡拉ＯＫ時，如果有人把麥克風給我，我也會選不會冷場的曲子來唱。

「妳唱得很不錯耶。我忍不住聽到出神了。」

我把麥克風傳給其他女學生時，突然有個男學生故作親暱地向我搭話。我回了句無傷大雅的「謝謝」，他好像因為明明未成年卻喝了不常喝的酒，臉上帶著紅暈，又繼續對我說：

「我有在玩吉他，想去這次輕音樂社的新生歡迎會瞧瞧，如果妳不介意的話要不要跟我一起去？」

當時我原本以為他在講客套話，就隨便點了點頭。後來他就跑去找其他學生，在聚會解散之前都沒再跟我說過一句話。

——這就是我和村治透認識的經過。我的姓是滿田[1]，所以他跟我同班。

隔天，學校要我們繳交作業。開學的前三個月，新生必須以一天一張的頻率在素描本上畫素描，然後全部統一交給學校。

早上我抵達有老師會來上課的教室，正把素描本從包包拿出來時，突然又有人叫住了我。

「滿田同學，妳有帶作業嗎？我們互相交換看一下嘛。」

是村治。他的態度像是不過才交談一次，卻已經認為我是他好友。明明還有很多空位，卻特地選我旁邊的位子坐。

和現在比起來應該很拙劣，但當時對自己的繪畫技術還算有自信的我並未拒絕村治的提議。我打開交換來的素描本，發現村治的素描不算差，但也說不出什麼過人之處。相較之下，村治則目瞪口呆地看著我的素描。他把素描本還給我之後，態度就截然不同，話變得很少，也轉過頭不再看我。

到了隔天，村治又開始邀請我去參觀社團。因為他實在太煩人了，我只好以只去一次為條件答應他，結果竟碰上社團所舉辦的活動，還不容分說地要我在社員面前獻唱一首歌，當那首歌結束後，連美空學姊都很欣賞我，讓我陷入了無法開口說不加入社團的局面。後來我在參加社團的過程中自然而然地與村治愈走愈近，最後便答應他的追求，發展成男女朋友的關係。

話雖如此，即便我覺得現在稍微好一點了，但剛上大學的我真的是不討人喜歡到連自己都感覺得出來。因為低頭畫圖時會擋到，所以總是留著一頭超級短髮，衣服頂多也就是牛仔褲加連帽上衣而已，甚至有些輕視穿著奇特服裝來突顯自己品味的其他學生。因為對自己的繪畫技術有自信，我一直覺得沒有必要藉由吸引他人目光這種無聊舉動來虛張聲勢。現在回想起來，真的是個不討人喜歡的女人。

即便如此，村治還是說他喜歡我。他明明既開朗又善於交際，連與第一次見面的人都能馬上打成一片，在學校、社團或打工的地方也有許多女性朋友。我想，應該是因為他對我繪畫才能的尊敬與戀愛的情感混淆得很嚴重吧。不知道是不是因為他也有

1 日文中「滿田」與「村治」的第一個發音都在五十音表的ま行，順序很接近。

自尊心的關係，他並不想明確表明這點，但從他的態度就能明顯看出他對我的畫心懷敬畏，而且憧憬在不知不覺間變成愛情的情況，在這世上也不算少見才對。

我想，對村治而言，和我這種既不可愛也不會主動取悅對方，就算對方做了讓我高興的事也不會興奮歡呼的人交往，大概是得不到成就感也不會覺得幸福的吧。但是，至少我和村治在一起很開心，而且多虧他的關係，我也體會到了好幾種以前並不知道的感情。

——所以，當他突然說要分手時，我大為震驚，也相當悲傷。當時他所說的話，我到現在還記得很清楚。

那是距今正好一年前發生的事。當時我正忙著製作要參加去年的校內比賽的油畫，無論清醒還是睡著都只想著作品的事情。我放著來我家玩的村治不管，面對豎立在攤開來的報紙上的畫架，正在替畫布上色時，村治便像是把滾到腳邊的石頭踢開般若無其事地低聲嘟囔了一句話。

「我們分手吧。」

我停頓了一下，看向村治的臉，他好像也不太明白自己說了什麼話。

「為什麼？我做錯什麼了嗎？」

我詢問道。我覺得只能在這種時候擠出虛假笑容的自己很諷刺。

「對不起，剛才說的不算數。妳就當作沒聽到吧。」

雖然村治也想暫且收回自己說的話，但只要畫筆一揮下去，畫布就無法恢復顏色了。我沉默地搖搖頭，他便像是放棄似地說了起來。

「我們已經交往一年了，但這段期間凜妳根本就沒有正眼看過我對吧？有好幾次我都突然覺得妳對我的態度像是我這個人不存在似的。」

就像現在這樣。村治沒有真的說出口，但我感覺得到他是想這麼說。當我專注於作畫時，無論是周遭的世界或是身在其中的村治，都完全無法吸引我的目光。

「看到妳這樣子，我在想，我是不是打擾到妳了呢？我會忍不住覺得，對凜來說，是不是我離開了會比較好？」

「才沒那回事呢。我剛才只是想專心準備比賽而已。」

我如此反駁。結果，村治像是感到疼痛般垂下雙眼，對我說道：

「那麼，妳有辦法畫出我的肖像畫嗎？」

村治的肖像畫……聽到這個出乎意料的問題，我僵住了，村治不理會我，繼續說道：

「妳有把我的臉好好記住，就算不看我的臉也畫得出來嗎？我們已經交往長達一年了耶。但是凜妳一定辦不到吧。因為妳完全不肯正眼看我。」

這句話讓我大受打擊，覺得自己無法回答他的問題——而在那個瞬間，我就已經決定要接受與村治分手這件事了。

u

美空學姊喝了一口送到桌上的咖啡，呵呵笑道：

「喝起來還不錯，但還是比不上我姊姊沖的咖啡。」

數天後的晚上九點多。把自己參加的社團當成行動根據地的美空學姊，和我一起來到了她就讀的大學附近的某間咖啡店。雖然是連鎖店，卻採用把每張桌子圍得像包廂一樣的裝潢，恰到好處地兼具了讓人能輕易踏入及感到心情平靜的氣氛，所以很受包括學生在內的廣大族群歡迎。

我和美空學姊面對面坐在一張四人座的桌子前。因為美空學姊說有話要告訴我，所以我是等她白天研究所的課程結束後才過來與她會合的。既然她不想用電話解決，而是特地找我出來說話，肯定跟之前那件事有關。

「我問過姊姊囉，她好像馬上就搞懂了。」

美空學姊草草結束助跑般的閒聊，進入了正題。我點點頭，催促她繼續說。

「簡單來說，關鍵在於那個小人的塗鴉是用原子筆畫的。」

美空學姊說道，拔出了插在駝色的騎士外套上的原子筆。接著，她把店員放在桌上的紙帳單拿到自己面前，突然在上面塗鴉起來。沒多久，她就畫好了五個小人。

「妳這麼做不會出問題嗎？」

我忍不住出聲提醒，但美空學姊卻露出無所畏懼的笑容。接著，她把原子筆上下顛倒，開始用頂端的部分摩擦帳單上的小人。

緊接著，她把傳單遞給我，我看到原本在上面的小人已經消失了，但並未感到驚訝。

「是筆跡可以擦掉的原子筆嗎？」

「什麼嘛，妳知道啊？」美空學姊覺得有些無趣地說道。

「因為使用了溫度升高就會變成無色的特殊墨水嘛。以原子筆頂端的橡皮去擦，線就會因為摩擦熱而消失。」

「可是，素描上的塗鴉並沒有消失，而是在我鎖上櫃子的時候出現了啊。」

我提出反駁後，美空學姊便將攤開的掌心面向我，做出了像是在說「別急、別急」的安撫手勢。

「這種墨水的原理啊，其實是可逆反應喔。也就是說，只要把這張帳單放進冷凍庫之類的地方徹底冷卻，剛才我畫的小人就又會清晰地浮現了。」

我不知道它還有這種特性。因為要讓消失的線條回來的話，只要重寫一次就好了，所以我覺得需要用到這種功能的情況好像也不多。

「所以說，只要先把這個用原子筆畫的小人擦掉，再讓櫃子裡變得跟冷凍庫一樣冷……」

「這種事情是不可能辦到的。那天晚上的確很冷，但也沒有冷到低於冰點，更別說是跟冷凍庫一樣了。」

如果事先在櫃子裡放入保冷劑之類的東西，或許有辦法達到還算是冷卻的效果。但是，要是在空間不大的櫃子裡放進陌生的物品，就算是我也會在放素描本的時候察覺到吧。

話雖如此，美空學姊的自信並未動搖。明明是轉述姊姊的話，卻說得好像是自己想出來的。

「沒錯沒錯，那天晚上的確很冷。所以凜妳才會沒有把在打開櫃子瞬間感覺到的寒意放在心上。」

我的確感到一股寒意，也將這點告訴了美空學姊。所以，那個時候櫃子裡就已經充滿冰冷空氣了嗎？

「可是，當時我打開櫃子後，並沒有在裡面發現什麼奇怪的東西。」

美空學姊「嘖嘖嘖」地揮了揮手指。

「不是裡面，是上面啦。妳不是說過嗎，因為櫃子很老舊了，連和上面櫃子相連的地方也破了洞。」

這項資訊也是我告訴美空學姊的。原來如此，冷空氣會由上往下流動，所以只要利用那個一百圓硬幣大小的破洞，說不定真能冷卻我所使用的櫃子。但是，就算真的使用大量的保冷劑好了，有辦法讓櫃子的溫度下降那麼多嗎？把比洞還小的碎冰丟下去或許也是個辦法，不過這麼做的話，櫃子裡就會變得濕答答，留下很明顯的痕跡吧。

美空學姊似乎看穿了我的想法，便給了提示。

「妳說妳暫時離開畫室去散步的時候，曾稍微看了一下其他科系的專用房間對吧？當時學習舞台效果的學生們把舞台弄得霧茫茫的。」

「是乾冰嗎？」我聽了之後靈光一閃。

沒錯，美空學姊微笑著說道。保冷劑是能利用冷凍庫冰凍起來的東西，所以頂多只能達到零下二十度，相較之下，乾冰好像連昇華的溫度都有零下七十九度。就算是透過隔板上的破洞，也肯定能發揮足以冷卻素描本的效果。

「都講到這裡了，接下來只要把所有線索串起來就行了吧——當天凜妳說要散步，離開了畫室後，有個傢伙，也就是犯人看見妳攤開來放著不管的素描，便想到了一個能讓小人在只有凜畫得出來的狀況下出現的計謀。他先用這種可以擦掉的原子筆在妳的素描本上面畫出小人，再把它擦掉。接著跑去當時正好在製造白霧效果的空間設計系的專用房間，跟那裡的人要了乾冰，放進緊鄰妳的櫃子上方的櫃子裡，再用書或什麼東西把洞堵住。要是不這麼做，凜打開櫃子的時候櫃子裡就會充滿乾冰的煙，或許會因此而察覺到異狀。」

美空學姊明明連事發現場都沒看過，卻說明得很清楚又容易理解，彷彿那天的情景歷歷在目。

「接著，犯人親眼確認返回畫室的凜把素描本收進櫃子裡後，自己也裝出要把畫具等東西放進櫃子裡的樣子，藉此把堵住洞的東西拿走。這樣一來，不僅小人會因為一整晚的充分冷卻而出現在素描本上，乾冰也會完全融化，所以不會留下證據。順便一提，當時畫室裡還有其他學生，所以沒有人質疑犯人為何在凜的素描本塗鴉或把乾冰放進櫃子裡實在很奇怪。我想犯人大概已經事先跟所有人解釋過，讓他們明白情況了吧。凜打算回家時感覺到的視線，應該是他們對這件事所表現出來的好奇吧。」

什麼？連那些視線也有內情嗎？我一直很單純地以為那應該只是想嘲諷並肩離去

的男女而已。當初是我毫無遺漏地敘述了詳細經過，但美空學姊的姊姊敏銳到連那些細微的線索也沒放過，把它們一一挑出來拼湊起事情全貌，讓我再次深感佩服。

「……好啦。都講到這裡了，妳應該知道是誰做的吧。」

美空學姊像是覺得有些疲倦地轉了轉脖子後問道。那是當然的。犯人善於交際，能拜託畫室裡的所有人協助，並向其他科系的學生要乾冰，但我根本不需要靠這項特徵來判斷。使用上面那格櫃子的人是誰，我記得非常清楚。

「為什麼你要做這種事呢？」

我轉頭對著左邊的人問道。美空學姊的視線也移向了我的左側。

「……我覺得自己非得做點什麼不可。」

村治透像洩了氣的氣球一樣在我身旁縮著身子說道。

——把村治也一起帶來。這是美空學姊找我出來時追加的要求。我在答應她的時候，就已經有預感可能是村治搞的鬼了。我向村治轉達美空學姊的要求後，他並未拒絕與我同行，但在前往咖啡店的途中，他的側臉可以看得出好像已經死心了。實際上美空學姊大概也把所有的事情都說中，在小人之謎逐漸真相大白時，村治也是一句話都沒有說。

「非得做點什麼不可？」

美空學姊歪著頭問道，但村治仍舊只對著我說話。

「妳還記得吧，凜？妳正要離開畫室去散步時，和我談了什麼。」

當然記得。我對他感到過意不去，也後悔自己說了那種話。正因為能夠清楚回想起來，我才不知該如何回答才好。

「我建議凜去看的原生藝術似乎害凜更迷惘了。就連原本幾乎已經確定要用來參加比賽的素描，她也說還是不要用了。這不管怎麼看都是我害凜到現在還畫不出比賽要用的作品吧？所以我才會覺得自己必須做點什麼、必須想辦法讓凜擺脫低潮期，把作品畫完。」

村治又急又快地說個不停，我還是聽不懂他想表達的意思。為什麼讓小人出現就能幫助我擺脫低潮期呢？不過，就算我無法理解其中的道理，也能夠明白他是為了我才做出這麼麻煩的事情。

正因如此，我說出接下來的話時，語氣才會自然而然地變得像是在責備村治一樣吧。

「為什麼要做到這種地步呢？老是把自己放在第二順位。你已經長達半年都是這樣了吧？你到底想做什麼？我和你已經連情侶都不是了喔？」

結果，村治感覺非常悲傷地垂下雙眼，有些支支吾吾地回答：

「那是因為……我覺得凜會陷入低潮，最根本的原因還是在於我。我一想到要是自己沒有提出分手，凜現在或許不會這麼痛苦，就怎麼樣都放不下。」

「你這種想法叫自我感覺良好吧？我的確是在去年的騷動之後就沒辦法畫出滿意的東西，但那是我自己的想法引起的。原生藝術的情況也一樣，我只是因為村治你給我的壓力太煩人了，才把話說得難聽一點而已。」

我之所以口出惡言趕走村治，有一半的因素是覺得喘不過氣來，另一半則是希望村治也能專心畫自己的作品。我很感謝他的好意，但這樣下去我們兩個都會完蛋。為了在我的素描上弄出那種小人而忙碌奔波是不合常理的。我不希望村治是會做出這種事的人，而且我們兩個也不應該是那種關係。

但是，村治卻仍舊纏著我不肯離開。

「就算是自我感覺良好也沒關係。如果凜妳不能恢復原本的狀況，那我自己也無法專心創作。光是想像是我毀了凜珍貴才華的樣子，就讓我覺得自己可能花上一輩子也擺脫不了後悔的心情。」

「就算我真的擁有你說的那種才華好了，會因為這點小事就完全畫不出東西的話，最後還是會走不下去的，只是時間早晚的問題，代表我的才華也就只有這點本事——」

「不對！」

村治的舉動出乎我意料之外。他抓住我的雙肩，把我壓在背後的牆壁上。

店內頓時發出好大的聲響，店員的第一個反應就是先過來關切，周圍的客人也對我們投以白眼。坐在對面的美空學姊慌張地想安撫我們，但我卻彷彿被箭射中般動彈不得，只能任由村治搖晃著我的上半身。

「妳究竟想繼續逃避多久啊？」

我明明用充滿恐懼的雙眼看著村治，他卻這麼說。接著，他像是要拿顏料直接把我的眼底深處塗得亂七八糟似地，用盡全力對我傾訴：

「妳應該有妳自己才看得見的藝術吧？妳不是問了好多次嗎？問妳自己**看不看得見在妳心中的藝術**。不可以逃避，要去直視它。無論是妳心中的藝術，還是叫妳去正視它的我，都要用妳的這對眼睛好好地看清楚啊！」

t

——妳看得見在妳心中的藝術嗎？

——妳看得見妳的藝術了嗎？

站在畫前面的時候，我經常感覺到周遭世界的輪廓變得模糊。除了眼前的畫之外什麼都看不見，所有的注意力都被藝術奪走。

但是，我可以聽到聲音。人的說話聲和車子的喇叭聲都聽得見，清晰地傳到腦裡。

村治知道我有這種習慣。他不是只有聽我提過，而是在把還是朋友時也算進去的長達整整兩年的相處過程中，他曾目睹我變得不對勁的情景好幾次，可以從我的樣子判斷出我是不是正沉浸在那種感覺裡。當我看不見周遭世界時，我的心會最深入藝術，變得鮮豔奪目。村治好幾次在察覺到那個瞬間時詢問我——妳看得見在妳心中的藝術嗎？因此我聽到的正是村治透實際對我說話的聲音。

我之所以去看原生藝術展，並不是因為村治鼓勵我去。而是他自己明明已經看過這個展覽一次了，卻說想一起去看，硬是把聽到這個展覽之後還是興趣缺缺的我約了出來。我們兩個人一起欣賞作品到一半，我在那幅用原子筆畫了小人的圖前陷入那種感覺，才會聽到村治詢問我的聲音。

素描上出現小人的那天也是一樣。現在知道真相後回想起來，村治當時大概是想確認我看到小人後有什麼反應，所以我因為不可思議的現象不知如何是好時，他便順勢表現出關心我的態度，陪我回到了我家。然後在我跟美空學姊講電話時不發一語地待在我身旁，並趁我看著攤開的素描本時問了那句話。

我們交往的期間，那種感覺也重複發生了好多次。當我沉浸在藝術中時，耳朵聽見了村治的聲音，眼睛卻沒看他。這讓身為男友的村治覺得很寂寞。明明聲音能傳進我耳裡，卻被當成幽靈看待，好像根本不存在一樣，讓村治難以接受，甚至懷疑自己是不是打擾到我了。所以他才會對我提出分手。

「……凜，妳剛才說我們已經連情侶都不是了對吧？」

村治激動的情緒退去後，沉默了很長一段時間才又開口說話。期間美空學姊好幾次試圖從座位上站起來，但因為氣氛實在太沉重，所以最後還是錯失了離開的機會。她現在正啜飲著應該已經冷掉的咖啡，一副好像很難喝的樣子。

「嗯。我是這麼說。」

村治聽到我回答後，便往後把身體靠在沙發椅背上，保持著縮起下巴的姿勢繼續說道：

「妳知道我為什麼沒有說想復合嗎？」

我搖搖頭。我覺得就算真的知道答案，此時還是這麼回覆才是上策。

「理由很單純，因為要是我們又變回情侶，我大概又會希望凜妳能看著我——和藝術沒有關係，就只是看著我這個人。喜歡上創作繪畫的凜的自己，跟喜歡上身為女性的凜的自己擁有相反的願望，讓我覺得好像要被扯成兩半，無法再忍耐下去了。」

所以他沒有拜託我跟他復合。即使他的內心某處一定存在著這個願望，而且應該早就察覺到我心裡也還有一絲期待他提出復合的想法。

「不管怎麼說，最先讓我傾心的還是凜的繪畫才能。這一點從妳借我看開學前畫的素描作業那一天起就沒有絲毫改變。所以我才會決定捨棄身為情人的自己。——但是，最近的凜又是如何呢？妳的口氣簡直就像是自己心裡已經連一丁點的藝術都不剩了不是嗎？」

村治說到這裡就舉起拳頭搥向自己的大腿，一副打從心底感到悔恨的樣子。

「我實在是無法接受。再這樣下去，不就等於身為情人的自己白白犧牲了嗎？我當然知道最苦惱的人是凜妳自己，但即便如此，我還是希望凜無論如何都能找回曾經擁有的藝術。如果妳失去藝術的契機與我有關的話就更不用說了。」

「這樣啊……所以你才會用計讓小人出現在我的素描上吧。」

在原生藝術展上，我一站到那幅有小人的畫前面，那種感覺就瞬間吞噬了我。在一旁看著我的村治，是不是把我的反應當成是接觸到自己心中不存在的藝術而大受打擊呢？說看了原生藝術展後覺得更加迷惘的人是我。那麼村治會以為看了小人的畫是我失去藝術的最根本原因也很合理。

所以村治便設法讓原生藝術展上的那種小人在只有我能畫出來的情況下出現，然後告訴我那些小人說不定是我自己在無意識下畫出來的。如果我是對自己沒有的原生藝術感到害怕的話，他想藉此告訴我，我其實也能詮釋原生藝術——他想讓我知道，我的心裡現在還是有藝術的。

我迷失了自己的藝術。但是村治卻深信我還沒有喪失自己的藝術。所以他想了辦法**讓我可以看到**。就像是讓已經畫在紙上的小人再次恢復色彩一樣。

我想村治應該沒有像我所思考的那樣，把自己做事情的理由分析得很透徹。他雖然點頭認同了我說的話，但表情看起來沒什麼把握。

「該怎麼說……我大概是覺得，如果克服原生藝術造成的打擊，能成為讓凜重新審視自己的藝術的起點就好了吧。我原本是替凜著想才做的事情，最後卻適得其反，所以我能做的也只有這些了。」

「換句話說，這是在彌補你害我產生迷惘？」

「不是的。不，雖然也有這個意思，但是……」

村治害羞地抓抓鼻子，低著頭說道：

「我希望凜能畫出讓自己滿意的畫，當然也是因為妳孕育出的作品很優秀啊。但是，最重要的是，再這樣下去凜會無法原諒自己吧？我不是很想看到妳頂著一張眉頭深鎖的臉啊——就算我們已經不是情侶，也不代表我對妳的感覺就變了。」

原來如此。事到如今我才對村治用情之深感到震驚不已。

這是他從我迷失自己的藝術那天一直持續到現在都沒有停止，而且本質上與對繪畫才能的敬畏心情相同的愛意表現嗎？他根本沒有搞混這兩種感情。因為尊敬與愛戀這兩種情感有時候是密不可分的。

當我正目瞪口呆地看著村治時，坐在對面的美空學姊「唉——」地嘆了一聲。

「結果搞了老半天，我根本就是在陪你們放閃嘛。」

我頓時回過神來，揮了揮手。「我們才沒有放閃……」

「哼，這可難說囉。算了，總之，我要回去了。」

美空學姊伸手往桌面一撐，站了起來，以手指夾起剛才她拿來塗鴉的帳單，我便急忙叫住她。

「美空學姊，妳幫了我的忙，就由我來付錢吧。至少讓我表達這點心意……」

「不用了啦。接下來你們兩個就好好相處吧。」

美空學姊把「好好相處」這四個字說得特別重，然後就揮著帳單離去，丟下了我和村治，而且還是兩個人並排坐在四人座桌子其中一側的狀態。

那天村治明明叫我要好好看著他，但我直到在自己家門前與村治道別之前，都沒辦法好好看他的臉一眼。

art burt

「喂——凜！」

我聽到村治透的聲音，便在已布滿茂密綠葉的櫻花樹旁停下來，轉頭看向後方。時序進入六月，整個東京都充滿了初夏的氣息。我穿著剛換季的五分袖襯衫走在校園裡，各處景觀樹上的葉子今天看起來也特別生意盎然。

接近夏至的這個時期，傍晚的太陽仍舊高掛天空。村治追上正要前往畫室的我後，馬上不悅地皺起了鼻子。

「比賽結果好可惜喔。」

「話也不能這麼說，看過入選的作品後，我覺得這是很公正的結果。」

「是嗎？但我覺得凜的畫很棒啊。」

我臉上浮現微笑，對他說了句謝謝。

後來我以在奧多摩畫的溪流素描為基礎，完成了用來參加比賽的油畫。不過，我在畫上多加了一群實際上不可能存在的小人。

因為這是校內比賽，全部的參賽者都會知道評審給作品下了什麼評語。評審給我的評語有褒有貶。有人不明白我畫上小人的意義，覺得只是想標新立異，給予嚴厲的批評；也有人認為我成功地以優秀技巧融合了寫實與幻想，給予一定的肯定。不用說也知道，我和村治的作品都沒有入選。

「因為那幅作品實際上等於是合作完成的嘛，要是那幅作品入選的話，我會覺得好處全被我拿走，也不太能釋懷啊。」

我只是說出真心話而已，但旁人聽了或許會覺得像是不服輸吧。村治配合我的語氣，像是想替我解悶似地說道：

「那時我還想過要主動報上名字，乘機沾點光呢。『小人的點子是我想的喔！』這樣。哈哈！」

這時，有兩名女學生用力跺著腳超越了我們。看到她們的側臉，我想起我曾在畫室見過她們。她們也跟村治一樣，正在發洩對比賽結果的不滿嗎？

雖然我的作品並未入選，但這場比賽讓我的創作狀態出現了非常大的好轉。因為完成了用來參賽的作品，我的創作動力又回來了。最近正在挑戰和以前不同的新畫風，增添了幻想性。目前在構圖和主題的選擇上我自己也覺得不夠細膩，但只要繼續創作下去，應該會變得愈來愈精確洗練吧。

我感覺到藝術從我體內不斷湧出。只要把至今學習過的知識和技術這件外衣脫掉，便可以看見自己想畫的、毫無修飾的畫——現在這就是我的「未經琢磨的藝術」。

我果然還是非常喜歡繪畫。當我再次確定這一點後，也就不再煩惱自己的將來了。因為我覺得即使自己將來選擇就業也會一輩子畫下去。前陣子還去看了一下企業聯合徵才說明會。以前完全不感興趣的東西，現在卻能夠認真傾聽了。

我在這裡學到的東西的確在我的未來佔有一席之地。

「對了，村治。」

我停下腳步，從手提托特包裡拿出了素描本。最近我為了能隨時素描，不再把素描本放在畫室的櫃子，而是隨身帶著走。

「這個給你。該怎麼說呢，這也算是我們兩個曾一起畫圖的紀念。」

我撕下素描本的其中一頁，交給還楞在原地的村治。不用說也知道，我給他的就是那張畫了小人的素描。

「咦？可是我只是在上面塗鴉而已耶。」

村治表現出婉拒的態度，但我硬是把素描塞給了他。

「沒關係啦，我希望你拿著它。」

「說是這麼說，但我畫的小人也消失了嘛……不過，算了，既然妳這麼堅持，那我就心懷感謝地收下啦。」

村治收下那張素描，感覺很寶貝地把它收進了背上的後背包裡，然後我們就又繼續走向畫室了。

他究竟會不會發現呢？發現我用原子筆在給他的那張素描背面畫的畫。

墨水會對熱產生反應。如果我把畫在背面的畫擦掉的話，位於正面的畫也一樣會消失。所以那些小人又不見了——因為我在背面畫了村治透的肖像畫後又把它擦掉。

在村治提出分手，和我結束情侶關係的那一天，他責備我從來不肯正眼看他。如果他指的是我面對畫作的瞬間，那的確沒錯。但是，如果村治覺得除此以外的時間我也沒有正視他的話。

那就代表村治才是從來沒有好好看過我一眼的人。這讓我相當震驚，所以才接受了他的分手要求。我其實無論何時都注視著他，甚至能在旁邊沒有他的情況下憑空畫出他的肖像畫。因為我一直都是這樣把喜歡的人的表情深深烙印在眼底的。

「話說回來，現在又能看到凜的藝術，真是太好了。」

我們要踏進五號館的時候，村治這麼說，並試圖摟住我的肩膀。別碰我啦，很丟臉耶。我馬上躲開並如此斥責，他雖然噘起了嘴巴，卻一副很開心的樣子。畫室裡一如往常有許多學生正在專心繪畫。他們正用盡全力把自己心中的藝術揮灑在畫布上。

我像是不想輸給他們似地也馬上開始作畫，村治卻刻意把畫架擺成了看得到我的畫的角度。不過，幾分鐘之後我再偷看他，發現他的表情相當認真，彷彿除了自己的作品之外什麼也看不見。我一邊把他的這副模樣也烙印在自己眼底，一邊想。

他大概不會察覺到那幅肖像畫吧。但我無所謂。如果我真的希望他察覺到的話，就不會特地讓墨水消失了。

不過，若是村治把我送他的素描拿去冷卻，並看到了浮現在紙上的肖像畫的話……

到那個時候，我們將能更加直接地注視彼此——我抱著這種類似預感的希望，今天也朝著畫布揮下了畫筆。

在塔列蘭咖啡店的庭院裡

1

「——妳在做什麼啊，美星小姐？」

聽到有人呼喚自己的名字，美星轉過頭來，名叫青山的青年就站在她眼前。

美星所在的地方是塔列蘭咖啡店的庭院。這間營業多年的咖啡店，隱身於古都京都的街道巷弄中，是咖啡師美星工作的地方。

還是營業時間，美星卻呆站在庭院裡，身為常客的青山當然會覺得奇怪。美星一邊輕輕地點頭打招呼，一邊仰望著身旁的物體說道：

「我在看樹。」

在這座以位於京都市區來說非常寬廣的庭院一隅，有一棵根部緊抓著地面的樹。高度雖然將近三公尺，樹幹卻細得跟小孩子的腿差不多。它的樹枝長著獨具特色的尖刺，還有茂盛且偏硬的淡色葉子，這是因為它並非落葉植物，而是常綠植物。

在七月的陽光照射下，這棵樹在美星的眼裡顯得更加美麗。青山站到她身旁，順著她的視線看向那棵樹，同時問道：

「我其實從以前就一直很想問，這究竟是什麼樹啊？」

持續光顧塔列蘭長達兩年，青山卻對這棵樹一無所知，讓美星感到很意外。不過，她自己其實也不會去注意每天經過的路旁種的行道樹是什麼品種，既然如此，說不定青山這樣子回答反而很正常。

美星一邊用手指碰觸生長到自己面前的樹枝前端的下垂葉片，一邊回答：

「這是檸檬樹。是太太在我們店開始營業的時候種下的。」

她口中的太太是在大約四年前過世的塔列蘭店長藻川又次的妻子。塔列蘭原本就是因為太太非常喜歡咖啡才開的咖啡店，但因為偶爾會有客人點紅茶，這棵為了紀念開店而種下的檸檬樹就如字面上所說的兼具了「實用」的意義。

「原來是這樣啊。因為沒看過它結果，我根本不知道這件事。」

青山「唔唔唔」地沉吟起來。美星一邊呼著氣一邊說道：

「以前這棵樹一年會結數十個果實喔。但是太太因病過世的那陣子，京都颳起一場狂風暴雨，這棵樹很多枝葉都被吹落了。從隔年起，這棵檸檬樹就完全不再結果了。」

美星覺得這簡直就像是太太去天國的時候把檸檬的果實也一起帶走了——不，或許用「因為太太是個不想讓還活著的人困擾的女性，所以才把檸檬帶走」來形容比較恰當吧。真要說的話，這件事給美星的印象更像是檸檬的果實主動跟著從開店時就一直結伴而行的太太離去了。

「說到京都果然就會想到檸檬呢。」

青山大概是不好意思說些貼心的話，便以開玩笑的語氣這麼說道。美星馬上就聽出他這句話是在指梶井基次郎的短篇小說〈檸檬〉。

〈檸檬〉是大正時代的文學作品。故事是以和作者梶井同樣罹患肺病的主角的第一人稱，也就是私小說的體裁來進行。內容描寫主角的內心因為「無以名狀的不詳疙瘩」而倍感壓抑，心情相當鬱悶，便把在自己常去的水果店購買的檸檬放在書店的美術書籍上後離去，並沉浸在檸檬爆炸的想像中。雖然以文庫本的格式來計算的話是只有十幾頁的短篇小說，卻被視為在文學史上留名的名作，直到現在都還有人閱讀它。

正如青山所言，〈檸檬〉的故事舞台就在京都。不過，那間據說是主角購買檸檬的水果店，已經在近幾年結束營業。連在故事中登場的那間書店，也在歷經一次遷移後停止營業了。

「……隨著時光流逝，各式各樣的事物都會逐漸改變呢。」

美星忍不住吐出了這句話。雖然她才在京都住了六年多，但在這段期間裡，不僅街景改變許多，太太也過世，甚至連檸檬樹都不結果了。各式各樣的感慨在她的心裡時隱時現。

「那個，青山先生。」

聽到美星的呼喚，青山眨了眨眼。

「什麼事？」

「這棵檸檬樹是店長太太種下的，但它隱含的回憶其實不止如此，也是與我和店長太太之間發生的一件印象深刻的事情有關的樹。如果你不介意的話，能聽我說說嗎？」

「當然可以，請務必說給我聽。」青山帶著笑容回答。

美星再次注視檸檬樹，說了起來。

「這已經是超過五年前的事情了。發生在一個寒冷的冬日裡……」

美星抬頭看向身材矮小的她搆不到的樹頂，樹頂上的藍天耀眼奪目，她帶著想凝視往日時光的心情瞇起雙眼。

2

那時美星因為某起事件的關係，每天都鬱鬱寡歡。

青山知道那起事件的來龍去脈。美星在不明白某個男人心意的情況下與他深交，並拒絕他的交往要求，結果卻激怒了對方。這件事情徹底否定了她一直深信不疑的待人態度，讓她對於和他人——特別是和異性相處感到恐懼。

實際上，美星情緒低落的情況很嚴重，別說是促成她與那個男人相識的塔列蘭了，連她當時就讀的短期大學也幾乎沒去上課，持續著不肯踏出家門一步的生活。她沒有食欲，日漸消瘦，而且還一口氣把頭髮剪短，連外表也顯得很寒酸，自覺到這一點後，她就更沒有動力出門了。

此時關心美星的人就是現在已經過世的太太。當時她還沒檢查出疾病，外表看起來相當健康，甚至比同世代的人還要充滿活力。

大概是知道造成美星鬱鬱寡歡的事件與自己的店關係密切，所以覺得自己也有責任吧，太太打了好幾次關心的電話，甚至親自造訪美星自己一個人居住的房子。但是，美星的情況並未因此好轉，甚至感覺像是在敷衍對方的一番好意。

或許是因為看不下去了吧，有一次太太到美星家來，以比平常還要強硬的口氣說道：「聽好了，美星，我現在要帶妳去店裡，快點去準備。妳不能再繼續窩在家裡磨蹭下去了。妳今天可以不用工作，但一定要去店裡露臉。」

平常個性溫柔的太太畢竟是土生土長的京都女人，當她以夾帶京都腔的憤怒語氣說話時，表現出一股令人畏懼的壓迫感，而美星自己其實也沒有頑固到抗拒別人把她拖出家門。所以，她打點好最基本的服裝儀容，也就是換好衣服並披上外套後，太太就硬是帶她出門，前往睽違數週的塔列蘭。

她們在咖啡店開始營業前抵達，大約是早上十點。看來太太是先完成開店的準備工作後才去找美星的，從塔列蘭走到美星住的地方用不了十分鐘。

「哇，妳今天可以來店裡了呀，心情好一點了嗎？」

待在店裡的藻川又次看到美星從店門口走進來，驚訝地瞪大了眼睛。因為事件發生時剛好有塔列蘭的常客待在美星身旁，所以透過該名常客的轉述，又次和太太也得知了事件的經過。

後來又次便主動跟美星聊了各式各樣的話題。像是問她在家休息的時候都做了些什麼，或是跟她報告店裡發生的大大小小的事情。感覺得出來又次在用自己的方式擔心著美星，但他並不擅長說那些大家經常聽到的關心的話，所以每一句都讓美星有種像是被遠處的人拿著樹枝戳的不舒服感覺。最後她連回答都嫌麻煩，無視了一陣子，太太便叫又次去採購，把他趕出去了。

這下子店裡就只剩下美星與太太兩人了。雖然還沒到開店時間，但當時上門光顧的客人數量比現在少，就算開始營業了，也沒什麼客人會在中午前上門。

又次離開後店裡陷入了沉默。太太在忙著各種作業時，會偶爾看一下美星，但並沒有對她說話，而美星也沒有主動開口。美星蜷縮著背坐在吧台前，讓自己沉浸在寂靜之中——或許應該說是在忍耐令人窒息的氣氛才對。

畢竟，當時的她雖然對有人找她說話感到厭煩，卻也恐懼著寂靜。因為要是沒有聲音之類的東西干擾她，她就會忍不住一個人思考起來。

美星把自己關在家裡的時候，在寂靜中思考了許多與有關事件的事情。自己究竟做錯了什麼？是在哪裡判斷錯誤，才導致了不好的結果？有沒有什麼辦法可以避免呢？究竟該怎麼做，才能在不傷害任何人的情況下安穩地度過每一天呢……

就算再怎麼苦思，也絕對找不到在任何情況都能通用的答案。她很清楚這一點，但還是無法停止思考。她的自我反省陷入原地打轉的窘境，明明知道再繼續追究也沒有意義，卻在回過神之後發現自己一直思考、懊惱著同一件事。如果想避免以上情況，就只能乾脆去睡覺或看看電視，讓自己的思緒盡量抽離這件事。

美星難以忍受這股沉默的氣氛，馬上就後悔來到店裡了。如果她更堅定地拒絕的話，太太是不是就不會硬把她帶來這裡了呢？太太表面上看起來很平靜，但內心肯定覺得自己難伺候、很麻煩——美星已經自卑到忍不住如此曲解、猜測太太的想法了。

這種情況持續了大約三十分鐘吧，站在吧台內側的太太終於開口說話了。

「妳讀過梶井基次郎的〈檸檬〉嗎？」

她問得太過唐突，像是有人把球從敞開的窗外丟進來一樣，所以明明店裡沒有其他人，美星卻未立刻察覺到太太是在跟自己說話。

「嗯，一搬來這裡就讀了。」

美星回答時聲音有些沙啞。她移居京都是為了就讀短期大學，在那之前算是個活潑外向的少女，閱讀的書籍數量與一般人差不多。她之所以會找〈檸檬〉來讀，其實也沒有想得太認真，只是因為這個故事的背景與她接下來要居住的城市有關係而已。

聽到她的回答，太太滿意地點點頭。

「故事裡的主角不是藉由想像檸檬在書店裡爆炸的情景，來紓解煩悶的心情嗎？」

不知道只用一句「煩悶」來解釋作者梶井內心的「疙瘩」是否恰當，但美星還是點了點頭。太太朝坐在吧台前的美星探出身子，勾起嘴角說道：

「我們也來試試看吧？」

「試試看？」

美星皺起眉頭。她聽到太太的提議後，不是只覺得這是個幼稚的玩笑，就是覺得聽起來很危險。

但太太一點也不介意地繼續說道：

「庭院裡的樹不是結了很多檸檬嗎？妳去幫我拿一個過來。」

「您要檸檬做什麼呢？」

「別管那麼多，拿給我就是了。」

她似乎沒有要跟美星詳細說明的意思。美星不太情願地站起來，走到了咖啡店外面。

太陽已經高掛頭頂了，但周遭卻還殘留著些許早晨的氣息。美星突然想到，〈檸檬〉的故事時間似乎也是設定在早上。在京都度過的第一個冬天超乎想像地寒冷，她縮著雙肩，朝著豎立在庭院一隅的檸檬樹走去。

當時檸檬樹每年都會結很多果實，但那一年特別豐收，樹上沉甸甸地結了隨便數都超過三十個的檸檬。因為太太已經用掉了幾個，成熟的檸檬總數說不定原本有將近五十個。不過，果實好像也不是結愈多愈好，在大約一個月前，美星曾聽到太太在喃喃自語，說或許應該趁果實還沒成熟時多摘一點才對。

美星站到檸檬樹的正面，伸手尋找果實。不過，她幾乎沒找到自己的手能搆到的果實。這也是因為太太的身高和美星一樣嬌小，所以會從下方的果實開始摘，因此只剩下位於高處的果實。

美星後來在一根垂在自己面前的樹枝上發現了一顆特別大的果實。她伸直背脊，用指尖抓住那顆果實，連樹枝一起拉到自己眼前。果實已經完全成熟，整顆果實都從綠色變成鮮豔的黃色了。不過果皮還是在她的手指上留下新鮮果實特有的堅硬觸感。她揚起下巴，把鼻子湊上前去，一陣清爽的香味隨著呼吸鑽進了鼻腔。

因為忘了帶剪刀，美星只能硬把果實扯下來。她抓著檸檬，又看了檸檬樹一眼，還是沒有找到其他伸手就搆得著的果實。

太太看到美星聽她的話摘了一顆檸檬回到店裡後，便愉快地笑著說道：

「如果這顆檸檬真的爆炸了，妳會覺得心裡輕鬆一點嗎？」

「檸檬才不可能爆炸呢。」

美星沒好氣地一口否定。平常她會把這當成玩笑，至少給對方一個笑臉，但現在她連這麼做的心情都沒有。

太太仍舊面不改色，提出了新的指示。

「美星妳現在手邊有沒有可以象徵妳心裡疙瘩的東西？」

雖然美星明白身為女性的太太用「有沒有」這種直接的口氣詢問也是方言的一種表現，她住在京都的時間還不夠久，尚未習慣這種說話方式，所以經常覺得有壓迫感。否則她應該不會老實地照著太太的指示去做吧。因為她的內心根本還沒有完全振作起來，所以直視那個東西，會讓她回想起那樁導致她悶悶不樂的事件，對她來說只有恐怖兩個字可以形容。

「……這個可以嗎？」

美星以顫抖的手指操作手機，將一張照片顯示在螢幕上。照片裡的男人就是那起事件的當事者。其實她本來是想全部刪除的，但朋友說為了以防萬一，還是留下能指認對方長相的東西比較好，所以她只留下了一張。

太太看到手機螢幕，臉上瞬間閃過了僵硬的表情。

「那麼，妳把檸檬放在這個手機畫面上看看吧。」

美星把手機放到吧台桌面，再把檸檬壓在手機上。因為如果不放好的話檸檬就會滾下來，美星最後重放了兩次才成功。

太太看到即使美星鬆手檸檬也沒有滾下來後，才又繼續開口說話。她的聲音就像催眠師在引誘接受實驗的人入睡一樣，低沉又緩慢。

「現在，妳想像一下這顆檸檬爆炸，把那個人整個炸飛的情景。」

雖然覺得這麼做毫無意義，美星還是聽話地想像了檸檬爆炸的情景。不過，老實說，要是手機也被炸壞的話就麻煩了，所以想像起來並不會覺得很愉快。當然了，檸檬不可能真的爆炸，但太太的態度又有點不太對勁，因此美星的心情別說是豁然開朗了，甚至還被難以言喻的不安所佔據。

持續了大約五分鐘後，因為怎麼想像都只是在重複同樣的事情，美星早已覺得厭煩。而檸檬也仍舊沒有任何變化。

「……那個，請問我還要持續這樣子多久呢？」

美星向太太抱怨後，太太便反問她：

「妳覺得心情輕鬆多了嗎？」

「不覺得。因為什麼也沒有改變。」

〈檸檬〉是因為主角放下檸檬後就離開了，所以才能夠盡情地想像各種畫面。但美星的雙眼卻已經看到了檸檬不會爆炸，她內心的束縛感根本不可能因此解脫。

可是，太太並沒有把她的話聽進去。

「那妳再繼續一下子吧，要積極地追求想像才行。」

太太這句話的後半段也是出自〈檸檬〉結尾的句子。美星把雙臂靠在吧台上，像是要摀住嘴角似地把嘴巴貼上去，然後繼續盯著檸檬看。

——接著，當壁鐘的時針指向上午十一點時。

「碰——！」

原本安靜的店內突然響起了爆炸聲。

美星嚇了一跳，身體猛然往後仰。爆炸聲很明顯地是從檸檬附近發出來的。

「碰——！碰——！碰——！」

爆炸聲維持著一定的頻率不斷響著。但是檸檬的外觀沒有變化。因為並不是檸檬真的爆炸了。

美星戰戰兢兢地伸手拿起檸檬，然後小心翼翼地靠到耳邊。

「碰——！碰——！碰——！」

沒錯，爆炸聲是從檸檬裡傳出來的。

這時，美星聽到有人噗哧一聲笑了出來，便抬起頭，看見太太瞇著雙眼，一副覺得很有趣的樣子。

「美星，妳真的被嚇了一大跳呢。」

「因、因為突然聽見了奇怪的聲音嘛！」

美星既害羞又生氣，臉頰微微泛紅。太太看到美星這副模樣，便把臉湊向她，說道：

「怎麼樣？是不是覺得心情輕鬆很多啊？」

「真要說的話……我現在是因為別的事情而覺得心裡有疙瘩。請借我一下刀子。」

美星伸出手，太太把水果刀交給了她。她用刀刃抵住紡錘形的檸檬最粗的部分，用力往下壓。表皮被割裂的觸感隔著刀子傳過來，強烈的香氣掠過美星的鼻腔。

刀子切到一半就碰上硬物，停了下來。美星謹慎地轉動刀片把檸檬切成兩半，小心不傷到裡面的東西。

「……原來是這樣。」

從其中一半的檸檬中間露出頭的是一個約拇指大的電子表，用保鮮膜包得密不透風，應該是為了防止果汁弄壞電力系統，美星把保鮮膜拆下後，看到電子表的側面印著「炸彈表」的標誌。正如這個商品名所示，這是個只要鬧鐘時間到了就會發出爆炸聲的手表，與其說具有實用性，不如說類似玩具還比較恰當。

美星仔細檢查切開後的檸檬底部，也就是沒有與樹枝相連的那一側。結果發現了一條繞了檸檬一圈的細線。雖然已經下了工夫讓那條線變得不太明顯，但看得出來是將底部切下一小塊之後，再用黏著劑之類的東西黏回去的。

事情發展至此，美星已經知道太太策畫的計謀大概是什麼內容了。首先把不知道從哪裡取得的炸彈表的鬧鐘設定成早上十一點。接著把掛在樹上的檸檬底部切下來，將用保鮮膜包住的炸彈表塞進果肉裡，再黏回切下來的底部。然後只要將美星帶到店裡，在適當的時間叫她去摘檸檬，並等到早上十一點，鬧鐘就會啟動，使檸檬發出爆炸聲，這就是計畫的內容。

雖然明白了這些，但是……

「為什麼您能夠預測出我會摘下這顆檸檬呢？」

聽到美星的逼問，太太驚訝地眨了眨眼。美星實在是無法抑制湧上心頭的疑惑，她拿起被切成兩半的檸檬，對著太太問道：

「因為，這個檸檬並不是長在最低的地方——我沒有去摘唯一一個自己的手搆得到的檸檬，為什麼它會發出爆炸聲呢？」

3

「——妳沒有去摘位置最低的檸檬？」

青山重複了這句話後，美星點了點頭。

「是的。我當時的心態有點扭曲。」

太太叫美星去摘檸檬，一定是有什麼想法。而美星聽太太的話去摘檸檬時，發現身高不高的自己能摘得到的檸檬只有一顆。這不就像是在暗示她去摘那顆檸檬嗎……

「當然了，其實我大可從善如流地去摘那顆檸檬。如果是平常的我，應該會毫不猶豫地摘下吧。但是當時的我很壞，就是不想這麼做。」

「我大概可以明白妳的感受。」青山以平穩的語氣說道。「心情非常低落的時候，要是有人隨便鼓勵自己，有時候反而會覺得事情才沒那麼簡單，不禁想反駁對方。明明自己也想擺脫憂鬱的情緒，但一看到有人伸出援手，就又莫名地想把對方甩開，這種事情很常見。」

「聽到你這麼說，我覺得釋懷多了。」

青山的體貼讓美星相當感激，表情也變得比較柔和。雖然她覺得當時自己的心態實在無法用正常來形容，但聽到有人說這是誰都會發生的事情後，還是讓她稍稍鬆了一口氣。

「不過，美星小姐妳究竟是怎麼摘下別顆檸檬的呢？」

青山歪著頭好奇地問道。聽到這個答案已呼之欲出的問題，美星輕笑了一下，答道：

「那還用說，當然是爬上去摘啊。」

「什麼！妳爬上了那棵到處都是刺的樹？」

美星看著驚訝地翻起白眼的青山，臉上的笑容變得更深了。

「是的。換句話說，太太原本認定我不可能去爬那棵有刺的樹，但我卻採取了出乎她意料之外的行動。當然了，我爬的時候可是很小心的喔。」

「這樣啊——所以妳沒有受傷嗎？」

「啊，呃……其實難免還是會有些小傷啦。」

「我就知道！妳實在是太亂來了……應該說，妳當時真的很沮喪嗎？總覺得只聽妳敘述這一段的話，反而會以為妳很有精神耶。」

「哎呀，真沒禮貌。就算我心情沮喪，還是能夠爬樹的。」

美星誇張地鬧起彆扭，青山以有點敷衍的語氣對她說了兩聲抱歉。

「所以，美星小姐妳爬上這棵樹，摘下了不是長在低處的檸檬囉。」

「是的，不過這棵樹並不高，與其說是用爬的，不如說只是把腳踩在比較低的樹枝上而已。我從幾顆聚在一起的檸檬裡隨便選一顆摘了下來。太太絕對沒辦法預料到我會選那顆檸檬。」

「但是太太的計畫還是成功，檸檬『爆炸』了。嗯，真是想不通呢。」

青山摸著下巴沉吟道。當時的美星也對同樣的事情感到不可思議。

「所以我才會問太太究竟是怎麼預測出來的。而太太給我的回答則是……」

「會不會是已經不在人世的梶井基次郎讓美星妳選了那顆檸檬的呢？為了讓妳體會和自己一樣的心情。」

太太以完全就是在開玩笑的語氣說道，並呵呵笑了起來。

她似乎並不打算認真回答美星的問題。雖然美星很清楚太太讓檸檬「爆炸」是為了替自己打氣，但仔細審視這整個計畫後，美星還是感覺太太做的事情帶有開玩笑的意味。老實說，她甚至想問太太：「妳是在耍我嗎？」

美星的心情並沒有像太太所期待的變得愉快。或許正是因為如此吧，她總覺得沒辦法接受讓這個謎永遠是謎——沒辦法接受這種感覺是在太太的安排下選了動過手腳的檸檬的情況。

美星將身體深深埋進吧台椅，調整好坐姿，再次注視拆下了保鮮膜的炸彈表。從會發出爆炸聲的鬧鐘的設計就能觀察出來，這個表的製作目的似乎是用來當小孩的玩具，塑膠製的外殼和裸露在外的螺絲等地方一看就知道做得很粗糙。印在側面的標誌也是好像只要用指甲就能輕易摳掉。

「這是在哪裡買的？」

美星對著站在吧台內側的太太揮了揮炸彈表，如此問道。但太太卻盡是強調自己什麼都不知道，簡直像是個裝傻地說「我沒有動過任何手腳」的魔術師。

美星使用剛才墊在檸檬底下的手機，在網路上搜尋炸彈表，馬上就找到了想要的資訊。根據資訊所示，炸彈表是在遍布全國的連鎖百圓商店販賣的商品。而那間百圓商店在京都也有分店。

應該不可能吧——美星的腦中閃過了這樣的想法。這時的她已經推論出一個合理的假設了。但是那個假設其實令人難以置信。或許是如此、不，應該不可能吧，這兩種相反的想法在她的心中互相競爭著。

只要她有心，要確認真相非常容易。她之所以沒有那麼做，是因為感到恐懼。如果美星的假設是對的，那她可以預見自己將被某種心情吞噬。所以她僵坐在椅子上，躊躇了起來。結果……

位於她身後的店門突然被用力打開了。

站在店門口的是採購完回來的又次。他臉色慘白，豎起拇指指著庭院大叫：

「不好了！庭院裡的檸檬——」

美星頓時恍然大悟，推開擋住店門口的又次衝向了庭院。隨後，她所聽到的聲音讓她體會了什麼是嚇得動彈不得的感覺。

「碰——！碰——！碰——！碰——……」

當時檸檬樹上的果實數量還超過三十個。而那些果實全都發出了爆炸聲。

「哎呀，穿幫了。」

太太在不知不覺間站到了美星身旁。她抬頭看向檸檬樹，一副很懊悔的樣子。

「那個鬧鐘的設計是只要響十分鐘就會自動停止，所以只要美星在那之前一直待在店裡，原本是不會穿幫的。你啊，真是多此一舉呢。」

聽到太太的埋怨，又次露出了茫然的表情。他似乎對這件事毫不知情。

「所以，您真的——真的在所有的檸檬上動了同樣的手腳嗎？」

美星鍥而不舍地追問太太。

炸彈表一個一百圓，就算買了三十個，也只有三千圓，要取得這麼多炸彈表，本身並不是件難事。

但是，現在仍不斷發出爆炸聲的檸檬，全都還掛在樹上。要在那種狀態下把底部切下，將用保鮮膜包好的炸彈表塞進果肉，然後再把底部黏回去，就算只處理一顆，也肯定會費上很大的工夫。但太太卻把數量超過三十個的果實全都動了同樣的手腳——

答案已經顯而易見了。太太若無其事地說道：

「美星妳是我們店裡很重要的人力，要是一直沒辦法打起精神來，我們會很困擾的。這點小事不算什麼啦。」

這才不是什麼小事。美星這麼想。她不敢想像這要耗費多少時間和勞力。雖然她在做這件事時不可能直接爬上樹，應該是使用了梯子之類的工具，但也輕鬆不到哪裡去。而且她還沒把這件事告訴又次，獨自一人完成……

「妳怎麼啦？該不會是檸檬汁噴到眼睛了吧？」

又次指著美星的臉問道。美星無視他的話，緊緊抱住了太太。不知道為什麼，她的眼淚怎樣都停不下來。

有人願意替自己做這麼多，必須趕快振作起來才行——美星打從心底這麼想。

鬧鐘在不知不覺間停止，庭院恢復了寂靜。但美星已經不需要再害怕，因為太太的體溫讓她感受到了前所未有的安心。

4

「真是個溫馨的故事呢。」

美星敘述完後，青山這麼說道，露出了微笑。

「那件事發生後不久，我就又回到塔列蘭工作了。雖然我並沒有因此馬上振作起來，而且也開始特別跟男性客人保持距離，但還是慢慢地恢復精神，變成現在這個樣子。」

美星又抬頭看向了樹頂，和剛才開始敘述往事時一樣。

「那天之後，我經常會在遇到什麼令人沮喪的事情時眺望這棵樹，藉此獲得安慰。後來太太過世、這棵樹也不再結果，但它還是拯救了我好幾次。只要像這樣子抬頭看著樹，就能相信自己不是一個人、這世上一定還有人很重視自己，覺得鬆了一口氣。」

「也就是說，最近有什麼事情讓妳心情低落囉？」

青山的眉毛垂成了八字型。因為不久前美星一直獨自望著樹，他有些擔心。美星覺得他這種會像打招呼般不著痕跡地關心人的地方很難能可貴。

「不。」

美星閉上眼睛搖了搖頭，然後用手指夾住延伸到自己面前的樹梢的葉片，以不傷到葉片的方式小心地翻開。

看到隱藏在葉片下的東西，青山「啊」地驚呼一聲。

「是果實！檸檬樹結果了。」

檸檬的果實還是青綠色的，比炸彈表還小，只有指尖大。這顆隱藏在葉片下的果實是美星今天才發現的。

「果實才剛形成，還不知道能不能順利成熟。」

美星充滿憐愛地撫摸這顆果實。

「但是，到去年為止，這棵樹連像這樣的果實都沒有長出來。自從太太過世後過了四年半，檸檬的果實終於在今年回來了。我真的真的覺得很高興，所以才會一直望著這棵樹。」

——無論願不願意，隨著時光流逝，變化都會造訪。

京都的街景改變了許多，在〈檸檬〉中登場的書店和水果店也已經關門大吉。太太過世了，現在是由美星繼承太太的遺志在經營這間塔列蘭咖啡店。回頭審視，會發現真的什麼都改變了，就像暴風雨肆虐後枝葉會被吹落一樣。

但是——美星又再次碰了碰那顆小小的果實。

也是有東西會像這樣子歸來的——而且也一定有無論經過多久都不會改變的事物。

「青山先生。」

美星一邊對回答「什麼事呢？」的青山微笑，一邊提議道：

「難得今天天氣這麼好，我們要不要現在去哪裡走走呢？」

「咦？妳不顧店沒關係嗎？」

他驚慌地說道，臉頰有些泛紅。

「今天就臨時休業吧。我們本來就會偶爾這樣子，不要緊的。而且現在正好也沒有其他客人。」

美星堅持自己的決定後，青山又猶豫了一下子，最後還是贊成了。

「好吧，那我去跟藻川先生說一聲。」

於是青山打開塔列蘭的店門，走進了店裡。「美星小姐說現在要打烊了。」「怎麼這麼突然？我是無所謂啦。」青山與又次的對話聽起來就像車上播放的廣播般舒服，撩撥著美星的耳朵。當美星正打算跟隨青山走進店裡時，突然在店門口停下來，轉頭看向檸檬樹。

——對不起，太太，我今天暫時丟下了您重視的咖啡店不管。不過，您應該會原諒我吧。

一陣柔和的風吹來，檸檬的果實像在點頭似地搖晃了一下。

release / relief

有些溫熱的水珠滴到了我的脖子上。

我站在河邊的遊覽步道上，置身於突然降下的雨水中。一輛閃著警示燈的車子停在沿著堤防鋪設的道路旁，像是不想被淋濕似地猛然發動引擎往前衝，並逐漸駛離。我不得不尋找可以躲雨的地方。

當我移動到橋下時，從劉海前端滴落的水珠已經在我用雙臂抱著的紙箱上留下一灘深色的水漬。即使吸了水，紙箱還是不重。很輕。太輕了。難以想像裡面有著一個生命的重量。

我彎下腰，把箱子放在地上，箱子與地面的泥沙互相摩擦，發出刺耳的聲音。

「對不起。」我低聲說完，站了起來，轉身背對沒有闔起來的箱子。

「──────」

我聽見了聲音。鑽過雨聲的縫隙傳進我耳裡的微弱叫聲。當我覺得那個聲音好像是在叫住我時，我已經轉過頭了。

我和牠四目相對。靠著箱子邊緣看向我的雙眼，像在跟我說不要走。我突然感覺到一陣彷彿心臟被指甲抓過的痛楚，忍不住逃離現場……

夢境總是重播到這裡就結束了。

我在床上半睜開眼睛，房間裡還很昏暗，心臟仍舊刺痛，正撲通撲通地跳動著。我眼裡含著淚水，對自己說出已經不知道重複幾次的話。

——這也是無可奈何的事啊，因為我真的不能養嘛。

某天下午，我出去跑外勤，在街上走著走著，竟碰上了雨。

京都的夏天本來就很熱，不適合穿套裝，為了能涼爽一點，我穿了裙子，但在這種氣溫跟濕度下，就算身體靜止不動，還是會滿身大汗。在這個時候竟然又雪上加霜地下起雨來，氣象預報不準，我並沒有帶傘。

我目前所在的地方距離員工宿舍並不遠，就在我開始思考是否要先回去一趟時，眼前卻出現了咖啡店的招牌。這場雨應該是午後的驟雨，只要稍微躲一下就好。於是我順著招牌的指示，走進了這間復古風的咖啡店。

我坐在吧台旁的椅子上，向年輕的女店員點了冰咖啡。當我正想伸手把裙子上的水珠輕輕拍掉時，突然感覺到腳邊好像有什麼東西在動，嚇得我以為自己心臟要停了。於是我低下頭，看向了吧台下方。

那裡有一隻貓。牠端正地蹲坐，正在舔舐自己的前腳。我看著牠那身跟暹羅貓有點像的毛皮，突然浮現一個疑問：那隻小貓是不是也是暹羅貓呢？

那是隻才出生沒多久的小貓。我把牠丟在河邊的空地。這麼說來，那天我也淋到了雨。已經是整整兩年前的事了。

咖啡店裡的氣氛相當平靜，除了我之外，只有兩組感覺跟我一樣都是來避雨的客人。女店員送來冰咖啡之後，也站在櫃台內側一副無所事事的樣子。我假裝若無其事地向她搭話：

「你們店裡有養貓啊。」

「是的。牠叫查爾斯。」

店員大概已經習慣跟客人聊天了，很順口地如此回答。貓也附和似地「喵」了一聲。

「是暹羅貓對吧？牠幾歲了呢？」

「今年夏天剛好滿兩歲喔。」

這個回答讓我的心跳漏了一拍。兩年前那隻小貓才剛出生，時間是吻合的。雖然我覺得不太可能這麼巧……

這時，放在隔壁空位包包裡的手機響起來，打斷了我的思緒。我拿出手機，看到螢幕上顯示著母親的來電。她應該可以猜到女兒正在工作，卻還是打電話來，該不會是很緊急的事情吧？我想接電話，但又不方便在店內接聽。現在外面在下雨，店門口的屋簷又很窄，難免會淋濕吧。

「您在這裡接電話也沒關係喔。」

店員察覺到我的苦惱，以手指併攏的手比了比我的手機。

「咦？可是……」

「您很在意對方為什麼要打電話給您吧？如果您是顧慮到其他客人的話，其實大可放心。」

坐在餐桌席的客人似乎聽見了我們交談的內容，我看到他點頭附和店員說的話，反而不好意思掛斷了。於是我低下頭，小聲地接起電話。

「喂，媽？」

「啊，繪梨，妳總算接電話了。」

「妳在我工作時打來有什麼事啊？害我以為怎麼了。」

我和母親說話時總是忍不住冒出老家地區的口音。母親以聽起來不像有什麼急事的溫吞口氣這麼說道：

「妳還記得住在附近的高田家的大哥哥嗎？」

「高田？嗯，是還記得啦……」

他的年紀比我大了差不多一輪。總是呆呆地在路上走著，感覺很不起眼。但是他頭腦好像很好，據我所知，他從知名大學的醫學系畢業，成為了一名醫生。

「他怎麼了？」

「他們家說想跟妳相親看看。」

「啊？」

我不小心下意識地發出了失去理智的叫聲。我不停向店員及其他客人點頭道歉，用手掩著嘴角說道：

「為什麼要我去相親啊？」

「其實我現在正在跟高田家的太太喝茶啦，她說她兒子差不多該結婚了，但因為工作很忙，連找對象的時間都沒有。高田家的兒子妳從小就認識了，工作的醫院又在我們縣內，所以才想到或許可以找妳試試看。」

「就因為這種事情打電話給我？我在工作耶。」

「這種事情是什麼意思啊？妳年紀也不小了啊。」

「如果妳是說高田先生的話，那也就算了，但我才二十五歲耶。要找結婚對象的話我自己就可以找了。再說，我因為工作離開老家後，也才經過兩年多一些而已，哪有可能現在辭掉工作回家鄉啊。妳下次不要再為了這種無聊的事情在我工作時打電話來了，知道了嗎？」

當我不等母親回答就掛斷了電話時，眼神正好與女性店員對上。我覺得自己的臉熱了起來。

「不好意思，電話的內容辜負了妳的一片好意。」

「我可以理解，到了這個年紀，就算自己沒有特別著急，周遭的人也會老是催妳結婚。我也經常覺得很厭煩。」

店員聳了聳肩。她的年紀似乎跟我差不多。我們兩人帶著同情苦笑了一陣子。

查爾斯這時還在我腳邊打轉。牠好像喜歡上我了。店員見狀，便溫和地說道：

「客人您喜歡貓對吧？這孩子好像看得出來喔。」

我無言以對。因為我沒有資格當一個喜歡貓的人。

「這孩子……當初是怎麼來到你們店裡的？」

「是一名國小男生轉讓給我們的。」

聽到這句話，我放心地吐了一口氣。果然不是那隻小貓。這種奇蹟是不可能發生的……

但是，店員接下來所說的話，卻把我推進了地獄。

「他好像是在河邊的空地撿到這孩子的喔。」

明明知道她不可能是在譴責我，卻還是有這種感覺，我沒辦法直視她的臉。但一低下頭，就換成跟貓四目相對了。牠那雙抬頭看向我的眼睛讓我無法移開視線……

這時，店員冷不防地以開朗的語氣說道：

「哎呀，說人人到。」

她的視線落在我身後。我轉頭一看，發現眼前的窗戶外有一名像是正值發育期的纖瘦少年正撐著傘走向這間咖啡店。這麼說來，現在正好是學校放暑假的時候。

「午安！查爾斯，快過來。」

店門一打開，我就聽到了充滿活力的聲音。貓也馬上有所反應，離開我身邊奔向那名少年。大概是因為我以眼神追著貓移動的身影吧，少年抱起貓之後，把臉朝向我。

就是這名少年撿走了那隻小貓。我頓時心跳加速。

少年瞬間緊閉雙唇，凝視著我。

「美星姊姊，那個……」

他這麼說，走到店員身旁，在她耳邊竊竊私語起來。雖然我沒辦法完全聽清楚他在說什麼，但他的話還是像漏雨一樣在寂靜的店內滴答滴答地響著。

「那個女人……把查爾斯丟掉……我看到了……」

我的身體頓時僵住，名叫美星的店員走到了我身旁。就在她把手放到我肩膀上的瞬間，我站了起來，對著店員叫道：

「不是的！不是我丟的，我……」

我之所以說到這裡就停住，是因為店員對我深深地點了點頭。而她接下來所說的一句話，讓我的意識飛回了兩年前的那一天。

「您當時是不是想**把這孩子撿回家**呢？」

——兩年前的那一天。

當時的天空看起來隨時都會下雨，我在跑外勤的途中經過了河川旁的遊覽步道。我在前方大約兩百公尺處看見了一個疑似男性的人影。隨著我們的距離逐漸縮短，我開始覺得不太對勁，因為他的雙臂正抱著一個紙箱。我一邊繼續往前走，一邊觀察著他，結果看到他把箱子放在河邊空地後就離開了。

我有種不好的預感，便走到了箱子旁。箱子裡有隻小貓。

「等一下！」

當我回過神來時，已經抱著箱子在追那名男性了。但是那名男性卻鑽進停在堤防上的車裡迅速離開了。天空正好在這時降下雨來，我什麼辦法也沒有，只能呆呆地目送那輛車漸行漸遠。

我不知道實際情況是怎樣，但這隻小貓看起來才出生一個月左右，還算有精神，感覺飼主並非沒有好好照顧牠。箱子裡也放了飼料和飲水器。我只好先移動到橋下，把箱子放在地上，思考了起來。

其實我很想把牠帶回去。但我當時還在工作，更別說員工宿舍是禁止養寵物的。就算公司不會因此要員工搬出宿舍，可以暫時收留小貓，但總有一天還是得放手。考慮這一點，與其等到隨便把牠養大再送養，現在這種剛出生的小貓的樣子，不是更有可能勾起別人飼養的欲望嗎？我在京都定居的時間並不長，找不到可以領養牠的人。此外，這裡是河邊的遊覽步道，在小貓的體力還未耗盡之前，肯定還會有許多人經過……

最後，我決定把貓先棄置在該處，並告訴自己，明天再看看情況，如果那時貓還在的話，再想想別的辦法。就在我走離紙箱幾步時，突然聽見叫聲，便回過了頭。只見小貓從箱子裡探出頭來，像要阻止我離開似地看著我——我沒辦法忍受牠的眼神，所以就逃跑了。

當我隔天再去那個地方察看時，裝著小貓的箱子已經不見了。

「……原來是這樣啊。我還以為一定是大姊姊把查爾斯丟掉的。」

我說完事情的經過後，少年這麼說道。他當時似乎在對岸，看到了抱著箱子走投無路的我。我後來把箱子放在地面後就跑走了，他來不及追上阻止我，只好自己照顧小貓。

「其實我應該要感到慶幸，慶幸牠被好心的飼主撿走了才對。但是，那天我離去時所看到的小貓的眼神，在這兩年間卻一直無法從我腦海裡消失……甚至到了會不斷在夢裡出現的程度。所以我至今還是覺得非常內疚。」

我垂頭喪氣地說道。店員則一直抱著查爾斯。

「不過，為什麼妳會知道呢？他明明說是我丟了小貓啊？」

一聽到我的問題，店員就露出了充滿歉意的表情。

「因為我剛才聽到了妳講的電話的內容。」

畢竟我是在她面前接起了電話，這也在所難免。店員又說：

「妳說妳為了工作而離開老家才過了兩年多，如果妳是在前年的四月開始工作的話，那妳拋棄這孩子時才在京都居住了四個月左右吧。要在這麼短的時間裡碰上必須把剛出生的小貓丟掉的情況其實有點困難。再加上您剛才說自己單身，那麼您現在很有可能是住在公寓裡，能輕易想像到妳居住的房子是不准養寵物的。於是我根據以上這幾點，得出了接下來的推論——有可能妳一度抱起箱子，想把小貓撿回家，但最後還是不得不放棄。」

就結論來說，大致上都跟她推測的一樣。聽起來也挺有說服力的。但是，因為我長達兩年都背負著自責的念頭，怎麼聽都覺得這個解釋太老實善良了。

「妳就因為這樣而相信我沒有拋棄小貓嗎？」

我忍住想諷刺跟自嘲的衝動吐出這句話。結果店員竟突然把查爾斯塞進了我的懷裡接著對不知所措的我露出微笑，開口說道：

「因為，這孩子不可能會親近拋棄小貓的人啊。」

查爾斯把頭貼在我的脖子上磨蹭起來。牠的眼睛再次抬頭看我，我沒有主動移開視線。當淚珠沿著那道視線落下，我抱住因為毛皮吸收了水珠而變重的貓時，在心裡默默發誓，我一輩子都不會忘記從雙臂傳來的這種觸感。

〈引用〉

《白秋全歌集Ｉ》北原白秋　岩波書店　一九九〇年
《檸檬》梶井基次郎　新潮文庫　一九六七年

〈參考文獻〉

《巴西咖啡的歷史》堀部洋生　星雲社　一九八五年
《ART BRUT JAPONAIS》ART BRUT JAPONAIS展目錄編輯委員會　現代企劃室　二〇一一年

此外，在寫作〈巴列塔之戀〉時，文中與物理治療師及專門學校相關的敘述，承蒙友人德永明希子小姐與富田友加里小姐的協助，也藉此機會表達我的謝意。

國家圖書館出版品預行編目資料

咖啡館推理事件簿4：休息中，咖啡的五種風味／岡崎琢磨著；林玟伶譯. -- 初版. -- 臺北市：麥田出版：家庭傳媒城邦分公司發行, 2015.10
面；　公分. --（日本暢銷小說；78）
ISBN 978-986-344-269-1（平裝）

861.57　　　　104016927

ISBN 978-986-344-269-1
Printed in Taiwan.

日本暢銷小說 78

咖啡館推理事件簿4
——休息中，咖啡的五種風味

作者｜岡崎琢磨
譯者｜林玟玲
封面設計｜莊謹銘
責任編輯｜謝濱安
校對｜吳美滿

國際版權｜吳玲緯
行銷｜何維民　吳宇軒　陳欣岑
業務｜李再星　陳美燕　陳紫晴　葉晉源
總編輯｜巫維珍
編輯總監｜劉麗真
總經理｜陳逸瑛
發行人｜涂玉雲
出版｜麥田出版
10483台北市民生東路二段141號5樓
電話：(02) 2500-7696
傳真：(02) 2500-1967
部落格：http://ryefield.pixnet.net
發行｜英屬蓋曼群島商家庭傳媒股份有限公司
城邦分公司
地址：10483台北市民生東路二段141號11樓
網址：http://www.cite.com.tw
客服專線：(02) 2500-7718｜2500-7719
24小時傳真專線：(02) 2500-1990｜2500-1991
服務時間：週一至週五09:30-12:00｜13:30-17:00
劃撥帳號：19863813　戶名：書虫股份有限公司
讀者服務信箱：service@readingclub.com.tw
香港發行所｜城邦（香港）出版集團有限公司
地址：香港灣仔駱克道193號東超商業中心1樓
電話：+852-2508-6231
傳真：+852-2578-9337
電郵：hkcite@biznetvigator.com
馬新發行所｜城邦（馬新）出版集團 Cite (M) Sdn Bhd
地址：41, Jalan Radin Anum, Bandar Baru Sri Petaling, 57000 Kuala Lumpur, Malaysia.
電話：(603) 90578822
傳真：(603) 90576622
電郵：cite@cite.com.my

印刷｜中原造像股份有限公司
初版一刷｜2015年10月
初版十一刷｜2023年 6 月
定價｜250元